D1930996

CHV

Isaac Bashevis Singer

Der Büßer

Aus dem Amerikanischen
übertragen von Gertrud Baruch

Carl Hanser Verlag

Titel der Originalausgabe: *The Penitent*
Farrar, Straus, Giroux, New York 1983
© 1983 by Isaac Bashevis Singer

ISBN 3-446-14261-4
2. Auflage 1987
Alle Rechte vorbehalten
© 1987 Carl Hanser Verlag München Wien
Umschlag: Klaus Detjen
Foto von Amos Schliak: *In einer Straße von Mea Schearim bei Regen*
Satz: Setzerei Janß, Pfungstadt
Druck und Bindung: Pustet, Regensburg
Printed in Germany

Vorwort

Dieser Roman wurde zuerst in Fortsetzungen im *Jewish Daily Forward* veröffentlicht (Januar bis März 1973). In Buchform erschien er rund ein Jahr später in Israel im Peretz Verlag. Wie andere Schriftsteller gebe auch ich mich der Illusion hin, daß es wenigstens *einen* Leser gibt, der alles liest, was ich veröffentliche, auch das, was ich in Interviews gesagt habe. Dieser treue Leser kennt vielleicht das im Magazin der *New York Times* erschienene Gespräch, das ich im Januar 1979, nach meiner Rückkehr aus Stockholm, mit Richard Burgin führte. Meiner Erinnerung nach habe ich damals Gedanken geäußert, die, wie man meinen könnte, im Widerspruch zu den Ansichten des Protagonisten meines Romans *Der Büßer* stehen. Im Roman entrüstet sich Joseph Shapiro unentwegt über Männer und Frauen, die sich von Gott, der Tora und dem *Schulchan Aruch* abgewandt haben. Ich hingegen habe in jenem Interview scharfe Einwände gegen die Schöpfung und den Schöpfer erhoben. Ich entsinne mich, daß ich sagte, ich könnte, obwohl ich an Gott glaube und Seine göttliche Weisheit bewundere, Seine Barmherzigkeit weder erkennen noch verherrlichen. Ich beendete das Interview mit der Bemerkung, ich würde, wenn ich vor dem Allmächtigen auf Streikposten stehen könnte, ein Schild mit der Aufschrift tragen: UNFAIR GEGENÜBER DEM

LEBEN! Und ich erwähnte auch meinen unveröffentlichten Essay, *Rebellion and Prayer, or The True Protestor.*

Mein imaginärer Leser könnte mich natürlich fragen: »Nehmen Sie jetzt alles zurück, was Sie damals sagten? Haben Sie sich schließlich doch damit abgefunden, daß das Leben grausam und die Menschheitsgeschichte von Gewalt geprägt ist?« Meine ehrliche Antwort lautet, daß Joseph Shapiro sich vielleicht damit abgefunden hat, ich aber nicht. Ich bin über das Elend und die Brutalität des Lebens noch genauso bestürzt und entsetzt, wie ich es als Sechsjähriger war, als meine Mutter mir die Kriegsschilderungen aus dem Buch Josua und die blutrünstigen Geschichten über die Zerstörung Jerusalems vorlas. Ich sage mir noch immer, daß es weder für die Qualen des ausgehungerten Wolfes noch für die des verwundeten Schafes eine Rechtfertigung gibt und auch keine geben kann. Solange wir im Fleische leben, anfällig für jede erdenkliche Art des Leidens, solange kann es kein wahres Heilmittel für die Misere des Lebens geben. Für mich stehen der Glaube an Gott und der Protest gegen die Gesetze des Lebens nicht in Widerspruch zueinander. In allen Religionen gibt es ein starkes Element des Protests. Oft haben Menschen, die ihr Leben in den Dienst Gottes stellten, es gewagt, Seine Gerechtigkeit in Zweifel zu ziehen und gegen seine vermeintliche Neutralität gegenüber dem Kampf des Menschen zwischen Gut und Böse zu rebellieren. Deshalb glaube ich, daß zwischen Rebellion und Gebet kein grundlegender Unterschied besteht.

Obzwar ich unter Extremisten aufwuchs, die genauso

dachten und fühlten wie Joseph Shapiro, dieser zornige Mann, kann ich seine Meinung nicht teilen, daß es einen endgültigen Ausweg aus dem menschlichen Dilemma, eine Rettung für immer gibt. Die Mächte, die auf uns einstürmen, sind oft schlauer als jede Abwehrmaßnahme, die wir ergreifen können. Es ist ein Kampf, der von der Wiege bis zum Grab dauert. Unsere Verteidigungsmittel sind provisorisch und taugen bloß für einen einzigen Angriff, nicht für den ganzen moralischen Krieg. Daher glaube ich, daß Widerstandsgeist und Demut, Glaube und Zweifel, Verzweiflung und Hoffnung gleichzeitig in unserer Seele wohnen können. Eine endgültige Lösung würde ja das größte Geschenk unwirksam machen, das Gott der Menschheit verliehen hat: die freie Entscheidung.

Dieses Buch wurde, wie viele meiner Werke, von meinem Neffen Joseph Singer, dem Sohn meines verstorbenen Bruders I. J. Singer, ins Englische übersetzt und von meinem Freund Robert Giroux – in Zusammenarbeit mit Lynn Warshow – redigiert.

Ich habe mit meinem Bruder oft über die Würdelosigkeit und Erniedrigung des modernen Menschen gesprochen, über dessen gefährdetes Familienleben, seine Gier nach Luxus und technischen Kinkerlitzchen, seine Geringschätzung der Alten, sein Katzbuckeln vor den Jungen, seinen blinden Glauben an die Psychiatrie, seine zunehmende Tolerierung des Verbrechens. Vielleicht können Joseph Shapiros Seelenqual und Desillusionierung ihr Teil dazu beitragen, Gläubige wie auch Skeptiker zu einer

Selbstprüfung zu bewegen. Die Heilmittel, die er empfiehlt, werden nicht jedermanns Wunden heilen können, aber die Art der Krankheit wird, so hoffe ich, erkannt werden.

I. B. S.

Der Büßer

Im Jahre 1969 hatte ich zum ersten Mal Gelegenheit, die Klagemauer zu sehen, über die ich schon so viel gehört hatte. Sie sah etwas anders aus als die auf den Holzdeckel meines Gebetbuches geschnitzte Klagemauer. Da waren Zypressen zu sehen, hier jedoch konnte ich keinen einzigen Baum entdecken. Jüdische Soldaten bewachten den Zugang. Es war hellichter Tag, und zahlreiche Juden verschiedenster Art hatten sich hier eingefunden. Aschkenasim und Sefardim waren da. Jugendliche mit schulterlangen Schläfenlocken, bekleidet mit Kniehosen, rabbinischen Hüten und flachen Schuhen, unterhielten sich in ungarisch gefärbtem Jiddisch miteinander. Umringt von Neugierigen, hielt ein weißgekleideter sefardischer Rabbiner in hebräischer Sprache eine Predigt über den Messias. Manche Besucher sagten das Totengebet auf, manche psalmodierten das Achtzehngebet. Einige schlangen sich Gebetsriemen um den Arm, andere wiegten den Oberkörper, während sie Psalmen rezitierten. Bettler baten mit ausgestreckter Hand um Almosen, manche feilschten sogar mit ihren Wohltätern. Vierundzwanzig Stunden am Tag betrieb hier der Allmächtige sein Geschäft.

Ich stand da und betrachtete die Mauer und die benachbarten, von Arabern bewohnten Straßen. Die Häuser, so schien es mir, hielten sich wie durch ein Wunder aufrecht, eins überragte das andere, und alle reckten sich und drängelten, um eine bessere Aussicht auf die Steinmauer zu haben, die als Erinnerung an den heiligen Tempel stehengeblieben ist. Die Sonne brannte, er herrschte eine trockene

Hitze, und überall roch es nach Wüste, uralter Zerstörung und jüdischer Ewigkeit.

Plötzlich kam ein schmächtiger Mann, der einen Kaftan und einen Samthut trug, auf mich zu. Dort, wo sein Mantel auseinanderklaffte, war ein breiter Gebetsschal zu sehen, dessen Fransen ihm fast bis zu den Knien reichten. Er hatte einen weißlichen Bart, aber ein jugendliches Gesicht. Seine Augen, so dunkel wie schwarze Kirschen, bezeugten, daß er ein junger, früh ergrauter Mann war.

»Ich wußte, daß Sie hierherkommen würden«, sagte er.

»Das haben Sie gewußt?«

»Wenn man täglich hierherkommt, trifft man früher oder später jeden, den man treffen möchte. Die Mauer ist wie ein Magnet, der jüdische Seelen anzieht. Friede mit Euch!«

Er gab mir die Hand wie es Rabbis tun – sanft, ohne jeden Druck.

»Ich weiß immer noch nicht, wer Sie sind«, sagte ich.

»Wie sollten Sie das auch wissen? Als Joseph von seinen Brüdern verkauft wurde, sproßte ihm noch kein Bart – deshalb erkannten sie ihn später nicht wieder. Als Sie mich das letzte Mal sahen, war ich glattrasiert. Jetzt bin ich gottlob ein Jude – wie es sich gehört.«

»Ein Büßer, nicht wahr?« Ich gebrauchte den Ausdruck *ba'al t'schuwe.*

»*Ba'al t'schuwe* bedeutet: einer, der zurückkehrt. Ich bin heimgekehrt. Solange die Juden echte Juden gewesen sind, war nur ihr Leib im Exil, nicht ihre Seele. Aber als die Juden ihr spirituelles Joch abwarfen, hat sich der Leib emanzipiert und die Seele ist ins Exil gegangen. Ach, was für ein Exil! Ein bitteres Exil!«

»Ich weiß immer noch nicht, wie Sie heißen.«

»Zufälligerweise heiße ich Joseph. Joseph Shapiro.«

»Ein guter jüdischer Name. Wo sind wir uns begegnet?«

»Wo denn *nicht?* Immer wenn Sie in New York einen Vortrag hielten, war ich dort. Ich war ein begeisterter Anhänger von Ihnen. Sie haben mich natürlich nicht gekannt. Jedesmal mußte ich mich Ihnen vorstellen. Aber ich kannte Sie. Ich las alles, was Sie geschrieben haben. Hier habe ich es aufgegeben, all diesen weltlichen Kram zu lesen. Ab und zu werfe ich allerdings einen Blick in eine jüdische Zeitung und stoße auf Ihren Namen. Hier bin ich – in meinem Alter! – Jeschiwaschüler geworden. Wir studieren die *Gemara,* die *Tosafot* und andere Kommentare. Erst seit ich die Tora studiere, weiß ich, was mir all die Jahre gefehlt hat. Gelobt sei Gott, daß wir uns getroffen haben! Wie lange bleiben Sie in Jerusalem? Wo wohnen Sie? Sie haben einmal geschrieben, daß Sie gern Geschichten erzählt bekommen. Ich habe eine Geschichte für Sie. Etwas Ungewöhnliches.«

Wir verabredeten, daß er am nächsten Tag zu mir ins Hotel kommen sollte. Ich lud ihn zum Mittagessen ein, aber er war der Meinung, daß die Hotelküchen sich nicht streng genug an die religiösen Speisegebote hielten.

Tags darauf klopfte er Punkt drei Uhr an meine Tür. Ich hatte Obst und Plätzchen für ihn bestellt. Er nahm auf dem Sofa Platz, ich setzte mich auf einen Stuhl. Hier die Geschichte, die mir Joseph Shapiro erzählte.

Der erste Tag

1

Wo soll ich beginnen? Lassen Sie mich zuerst etwas über meine Herkunft sagen. Sie sollten wissen, daß ich der Nachkomme einer rabbinischen Familie bin, deren Vorfahren heiligmäßige Juden waren. Mütterlicherseits stamme ich von Schabbetaj Cohen ab, und wer von Schabbetaj Cohen abstammt, stammt auch von Rabbi Mosche Isserles, von Raschi und von König David höchstpersönlich ab. Jedenfalls behaupten das die Genealogen. Aber was soll's? Ich war in Polen, als die Nazis – ihr Name soll für immer ausgelöscht sein! – Warschau bombardierten. Zusammen mit anderen Juden floh ich über die Praga-Brücke, dann schlug ich mich zu Fuß nach Bialystok durch. Obzwar mein Bart schon weiß ist, bin ich etliche Jahre jünger als Sie. Ich will Ihnen nicht meine ganze Lebensgeschichte erzählen, das würde zu lang dauern. Ich bin durch Rußland gewandert, ich habe gehungert, in Eisenbahndepots geschlafen und das ganze Elend miterlebt. Später, 1945, habe ich mich aus Stalins Land hinausgeschmuggelt und bin nach Lublin gegangen. Dort traf ich meine Jugendfreundin wieder. Daß wir uns wiedersahen, war ein Wunder, aber wenn man keinen Glauben hat, kann man Wunder nicht erkennen. Wir hatten für alles nur *eine* Antwort: Zufall. Die Welt sei Zufall, der Mensch sei Zufall, und alles, was mit ihm geschieht, sei Zufall. In Warschau hatte ich der Organisation »Junge Zionisten« angehört. Mein Vater, er ruhe in Frieden, hatte ein Schnittwarengeschäft in der Gesiastraße. Ich habe ihm damals ein bißchen im Laden ausgeholfen und mich ansonsten mit Parteiangelegenheiten und mit Lesen beschäftigt. Meine Freundin Celia war eine überzeugte Kommunistin. Zwischen uns kam es oft zu heftigen Diskussionen. Wenn ich ihr widersprach, sagte sie, was alle Kommunisten in solchen Fällen sagen: daß sie mich nach der Revolution am nächsten Laternenpfahl aufknüpfen würde. Vorläufig allerdings gingen wir in die Oper und oft auch zu Vorträgen im jiddischen Schriftstellerclub. Damals hielten Sie dort noch keine Vorträge, aber Sie schrieben Beiträge für die *Literarischen Blätter.* Celia und ich waren treue Leser dieser Zeitschrift, obwohl sie mir zu linksgerichtet war und obwohl Celia fand, sie sei nicht links genug. Wir hatten viel für jiddische Literatur, jiddische Kultur und alles andere übrig. Wir gingen ins Jiddische Theater. Celia stammte ebenfalls aus einer chassidischen Familie. Ihr Vater war ein Anhänger des Rabbis von Ger, und ihre Brüder hatten lange Schläfenlocken. Sie sind alle umgekommen.

Als wir beide uns in Lublin wiedersahen, war es fast wie eine Auferstehung der Toten. Ich war überzeugt gewesen, daß Celia nicht mehr lebte, und sie hatte mich ebenfalls für tot gehalten. Damals war sie bereits von der kommunistischen Krankheit geheilt. Wer in diesem Land lebt, kann sich keine Illusionen mehr machen. Aber natürlich blieben wir beide das, was man »fortschrittlich« nennt. Ich blieb Zionist, und sie glaubte immer noch, der Sozialismus sei das Allheilmittel für die Übel der Welt. Zugegeben, Stalin taugte nichts, aber wenn Trotzki oder Kamenew an der Macht geblieben wäre oder wenn die Bolschewiken und die Menschewiken gemeinsame Sache gemacht hätten, dann wäre Rußland jetzt bestimmt ein Paradies. *Sie* wissen ja, was solche Leute sich vormachen. »Wenn meine Oma Räder hätte, wäre sie ein Omnibus.« Wie es sich für Intellektuelle gehört, führten Celia und ich gleich bei unserem Wiedersehen eine Diskussion darüber, wie die Welt zu retten sei. Und dann nahmen wir unsere Bündel und machten uns auf den Weg – in Richtung Deutschland. Etwas Legales zu unternehmen, war unmöglich – wir hatten weder Pässe noch irgendwelche anderen Papiere. Die weltlichen Gesetze sind so beschaffen, daß man, falls man sich nicht an den Verbrechen der Machthaber beteiligen will, ein Opfer ihrer Verbrechen werden muß. Wir haben jetzt gottlob unser eigenes Land, aber unsere führenden Politiker haben viel von den Nichtjuden gelernt. Du darfst nicht *hier* stehen und du darfst nicht *dort* stehen! Alles ist verboten. Sie mokieren sich über den *Schulchan Aruch*, doch ihr Gesetzeskodex enthält tausend Verbote mehr als der unsere. Aber darauf komme ich später noch zu sprechen.

Natürlich war weder Celia noch ich keusch geblieben. Was hätte uns denn zurückhalten sollen? Während wir unterwegs waren, unsere Bündel schleppten und uns vor Mördern jeglicher Art fürchteten, gestanden wir einander alles. Als wir in Rußland hungern und uns – entschuldigen Sie – immer wieder entlausen mußten, hatten wir beide uns auf allerlei Liebschaften eingelassen. Ich hatte es mit Jüdinnen, jungen Schicksen und älteren Russinnen getrieben, und sie hatte *ihre* Abenteuer gehabt. Tatsächlich aber hatte ich Celia nie vergessen können. Obwohl ich nicht an das Jenseits glaubte, hatte ich oft mit ihrer Seele geredet und meinen Lebenswandel zu rechtfertigen versucht. Celia erzählte mir, sie hätte damals mir gegenüber ähnlich empfunden. Kurz und gut – wir heirateten in einem Flüchtlingslager in der Nähe von München. Ich hoffte, ein Visum für Palästina zu erhalten, aber das Schicksal wollte es, daß wir 1947 Visa für Amerika bekamen. Die anderen Flüchtlinge beneideten uns. Was für ein Glück, ins Goldene Land auswandern zu dürfen!

Unser Schiff fuhr nach Halifax, und von dort aus fuhren wir per Bahn in die Vereinigten Staaten. Celia hatte in Rußland das Nähen und Schneidern erlernt und sich noch einige andere handwerkliche Fähigkeiten angeeignet. Ich war bis nach Taschkent gekommen. Ein Handwerk hatte ich nicht erlernt, aber mein Vater war Geschäftsmann gewesen, und wenn man in einer Kaufmannsfamilie aufwächst, hat man das Geschäftemachen im Blut. In New York arbeitete ich zunächst in einem Textilgeschäft, aber dann machte mir ein Emigrant, der einen Bungalow bauen wollte, den Vorschlag, sein Geschäftspartner zu werden. Das war der Anfang unserer Immobilienfirma. Aus dem einen Bungalow wurden zehn, aus den zehn wurden fünfzig. Ich verdiente einen Haufen Geld. Celia entschloß sich, ihr abgebrochenes Studium wiederaufzunehmen und immatrikulierte sich am Hunter College. Sie hatte in Warschau das Gymnasium absolviert und ihr Reifezeugnis über alle Grenzen mitgenommen. Und sie hatte an der Wszechnica, einer freien Universität, studiert. In wenigen Jahren absolvierte sie das College mit Auszeichnung. Ich war mittlerweile ein wohlhabender Mann geworden. Wir hatten eine große Wohnung in der West End Avenue und ein Sommerhaus in Connecticut. Aber wir hatten keine Kinder. Celia hatte sich einer Operation unterziehen müssen und konnte keine Kinder bekommen.

Seit ich *der* wurde, der ich jetzt bin, kommt mir das alles töricht vor. Was hat mir denn das viele Geld genützt? Und was hat Celia von ihrem Studium gehabt? Sie hat Literaturwissenschaft studiert, aber der ganze Lehrgang bestand darin, daß man sich irgendeinen schlechten Schriftsteller vornahm und ihm eine Bedeutung zuschrieb, an die er selber nicht einmal im Traum gedacht hätte. Und was haben denn die sogenannten guten Schriftsteller zu bieten? Was für bedeutende Dinge haben denn Eliot und Joyce im Sinn gehabt, als sie ihre hohlen Phrasen niederschrieben? Was *wollten* sie denn? Eine einzige Seite aus dem *Pfad der Aufrechten* enthält mehr Weisheit und psychologische Einfühlung als alles, was sie geschrieben haben. Und noch dazu sind sie oft langweilig, weil sie nichts zu sagen haben. Celia hat mir oft ihre Aufsätze über literarische Themen vorgelesen. Sie sprach bereits sehr gut Englisch. Aber wir lasen auch weiterhin die jiddischen Zeitungen und alles, was Sie damals veröffentlicht haben. Egal, was Sie schrieben, Sie haben sich jedenfalls klar ausgedrückt. Zweifellos wissen Sie über alle Schwächen des modernen Menschen Bescheid, aber welche Konsequenzen Sie aus diesem Wissen ziehen – darauf wollen Sie nicht näher eingehen. Wenn Sie *einen* Schritt weitergingen, würde aus Ihnen ein richtiger Jude werden.

»Die Schwächen zu kennen, genügt nicht«, warf ich ein.

»Sie kennen alle guten Charaktereigenschaften des echten Juden.«

»Auch das genügt nicht. Man muß daran glauben, daß alles, was in den heiligen Büchern geschrieben steht, Moses auf dem Berg Sinai übergeben wurde. Leider kann ich das nicht glauben.«

»Warum sagen Sie ›leider‹?«

»Weil ich jeden beneide, der daran glaubt.«

»Darüber werden wir noch sprechen. Der Glaube kommt nicht von selbst. Man muß sich darum bemühen.«

Dann erzählte er weiter.

Wenn jemand eine Menge Geld verdient, aber keinen Glauben hat, beschäftigt ihn schließlich nur noch *ein* Gedanke: Wie er dem Leben möglichst viel Genuß abgewinnen kann. In all dem Gehetze habe ich mich oft gefragt: Was bringt mir das viele Geld ein? Woraus besteht meine materielle Welt? Um zu essen, brauche ich doch kein reicher Mann zu sein! Die Männer, mit denen ich verkehrte, meine Geschäftspartner und andere, prahlten ständig mit ihren Eroberungen. Erbärmliche Eroberungen waren das! Sie trieben sich mit Callgirls herum, ganz gewöhnlichen

Huren, die ihnen auf ihren Anruf hin von einer Puffmutter ins Motel geschickt wurden. Andere hatten Mätressen. In den Kreisen, in denen wir verkehrten, galt Ehebruch als die vornehmste Tugend, geradezu als die Quintessenz des Lebens. Die Literatur war bloß noch ein Lehrbuch der Geilheit. Im Theater wurden ehebrecherische Beziehungen vorgeführt, desgleichen im Film und im Fernsehen. Solche »Eroberungen« sind überhaupt keine, denn die modernen Frauen wollen ja genau das gleiche wie die modernen Männer. Sie lesen die gleichen Bücher, sehen die gleichen Theaterstücke und haben mehr Freizeit als die Männer.

Ich hatte keine anderen Frauen nötig, weil Celia meine sexuellen Bedürfnisse befriedigte. Aber sie schien sich oft darüber zu wundern, daß ich keine Seitensprünge machte. Wenn wir ins Theater gingen und ein Stück sahen, in dem, wie so oft, eine Frau vorkam, die ihren Mann betrügt, amüsierte sich Celia darüber und beklatschte die raffinierten Tricks und die Obszönitäten. In Theaterstücken wird der Ehemann und Ernährer der Familie immer als Trottel hingestellt, und der Liebhaber ist der Gescheite, weil er alles gratis bekommt. Ich hatte oft das Gefühl, daß etwas an dieser Einstellung falsch ist. Irgendwie war mir bewußt, daß der Bolschewismus, der Nazismus und das ganze Elend der Menschheit von dieser Mißachtung der Zehn Gebote herrühren. Aber – wie Sie es einmal ausgedrückt haben: »Wenn man keinen Glauben hat, worauf soll man sich dann stützen?« Manchmal habe ich Celia scherzhaft gefragt: »Wenn du so viel für die moderne Kultur und für moderne Theaterstücke übrig hast, warum hast du dir dann noch keinen Liebhaber zugelegt?« Worauf sie jedesmal erwiderte: »Ich stecke zu tief in meiner Arbeit.« Wir frotzelten einander, wie es moderne Ehepaare tun, die sich, auch wenn sie einander treu sind, ständig damit aufziehen, daß sie eines Tages untreu werden könnten.

Nach einiger Zeit ließ ich mich von meinen Geschäftspartnern und Bekannten dazu verleiten, mit Huren anzubandeln. Aber wenn es dann soweit war, überkam mich jedesmal ein solcher Ekel, daß ich mich erbrechen mußte. In mir regte sich keinerlei Begierde nach diesen Frauen. Die Geschlechtsorgane, für die Neunmalkluge so viele häßliche Bezeichnungen haben, sind ein Ausdruck der menschlichen Seele. Sie sind von Natur aus moralisch, spirituell, geschaffen für die Liebe und Hingabe und Fortpflanzung. Die Kabbala nennt die Geschlechtsorgane »Zeichen des Heiligen Bundes«. Sie sind Symbole des Bundes, den Gott mit dem Menschen, dem Abbild Gottes, geschlossen hat. Aber Ihnen brauche ich das ja nicht zu sagen – Sie haben studiert, Sie wissen das.

Die Huren ekelten mich an, also mußte ich eine sogenannte anständige Frau auftreiben. Das ist die landläufige Bezeichnung dafür – »anständig«. Was der Mann von heute darunter versteht, das sind Frauen, die für unsere Großväter Huren waren. Sie kleiden sich wie Huren, sie reden wie Huren, sie lesen schmutzige Bücher, sie sind nur auf Abenteuer aus. Ihre »Anständigkeit« besteht darin, daß sie nicht auf der Straße herumstreunen, um Freier anzulocken. Dafür verlangen sie mehr Geld. Ich fand eine solche Frau. Sie hieß Liza, war geschieden und hatte eine Tochter, die im College war und sich den Hippies angeschlossen hatte. Möglich, daß sie damals noch nicht »Hippies« genannt wurden. Ist ja egal. Liza hatte angeblich einen Job, klagte aber ständig darüber, daß sie nicht genug verdiene, um den Lebensunterhalt für sich und ihre Tochter zu bestreiten. Sie wurde meine Geliebte und begann, mich nach Strich und Faden zu schröpfen. Ich bezahlte ihre Miete, führte sie zum Essen aus, ging mit ihr ins Theater, kaufte ihr Kleider, Möbelstücke und so weiter und so weiter. Aber sie verlangte mehr, als ich ihr zu geben bereit war. Wer von anderen nimmt, kann nie genug bekommen. Doch ebenso wie sie *mich* schröpfte, wurde *sie* von ihrer Tochter geschröpft. Die schrieb ihr Brandbriefe aus dem College, und Liza zeigte mir die Briefe. Ein paarmal kam die Tochter nach New York. Da sie wußte, daß ich ihre Mutter aushielt, war sie besonders nett zu mir. Sie küßte und umarmte mich und sagte, ich sei für sie wie ein Vater. Ihre Mutter ließ sogar durchblikken, daß sie lieb zu mir sein würde, falls ich gut zu ihrer Tochter wäre. Ich wußte nur zu gut, was sie damit meinte.

Schon zu diesem Zeitpunkt war mir – auch in Momenten der Leidenschaft – bewußt, wie abgeschmackt diese Affäre war. Ich hatte mir, genau wie meine Geschäftspartner, Liebe gekauft. Na ja, wenn ein Mann heiratet, muß er natürlich auch für seine Familie sorgen. Bekam Celia denn nicht alles von mir, was sie brauchte? Hatte mein Vater denn nicht auch für meine Mutter gesorgt? Gewiß, meine Mutter hatte ihm sechs Kinder geboren, den Haushalt geführt und noch härter arbeiten müssen als er. Aber das waren andere Zeiten gewesen. Eine andere Einstellung zum Leben. Liza war oft sehr leidenschaftlich, wenn sie mit mir zusammen war. Sie mimte die liebende Frau und versuchte sogar, mich zur Scheidung von Celia zu bewegen, damit ich sie heiraten könnte. Sie erzählte mir ihre Lebensgeschichte, sprach von ihren Problemen und Enttäuschungen. Sie sei ein Opfer der männlichen Grausamkeit. Nie hätte sie etwas anderes sein wollen als eine treue Ehefrau und gute Mutter, aber sie habe einen Aufschneider geheiratet – und so weiter. Sie habe sich scheiden lassen, und er habe ihr einen monatlichen Unterhaltsbeitrag zugesagt, aber dann habe er sich in einem anderen Bundesstaat niedergelassen und ihr keinen Cent gezahlt. Sie sei gezwungen gewesen, zu arbeiten und sich für ihre Tochter abzuplacken.

Manchmal hörte ich, wie Liza versuchte, ihrer Tochter eine Standpauke zu halten, aber das Mädchen wurde dann sofort frech. Die Tochter war noch habgieriger als die Mutter. Als sie und ihre Clique eines Tages verhaftet wurden, weil sie Marihuana rauchten, mußte ich die Kaution bezahlen. Sie studierte Soziologie, die sogenannte Wissenschaft, die dazu dienen soll, die Welt zu verbessern. Während sie die Welt besudelten, lernten sie alles darüber, wie man die Welt retten kann. Ich war nicht so abgebrüht, daß ich nicht gemerkt hätte, wie schändlich und verlogen das alles war, aber trotzdem suhlte ich mich weiterhin in diesem Morast, weil es anscheinend so bequem für mich war und weil ich nirgendwo sonst hingehen konnte – jedenfalls redete ich mir das ein. Blieb mir denn etwas anderes übrig? Sollte ich mir etwa einen Bart und Schläfenlocken wachsen lassen und ein frommer Jude werden, wie es mein Vater und mein Großvater gewesen waren? Vorhin haben Sie gesagt: »Man muß daran glauben . . .« – aber ich konnte einfach nicht daran glauben, daß Moses uns die Tora gegeben hat, die er vom Himmel empfing. Ich hatte die Bibelkritiker gelesen, die mir versicherten, daß alles, was in unseren heiligen Büchern steht, falsch sei. Hatte die *Mischna* denn nicht aus einem einzigen Gesetz im *Pentateuch* achtzehn gemacht, und die *Gemara* aus diesen achtzehn Gesetzen siebzig? Und hatten die Rabbis denn nicht in jeder Generation weitere Verbote hinzugefügt?

Manchmal kamen Juden mit Bärten und Schläfenlocken und Hüten, wie ich jetzt einen trage, in mein Büro und baten um Spenden für diese und jene Jeschiwa. Dann habe ich ihnen ein paar Dollar gegeben – aber es hat mich geärgert. Ich verabscheute diese Schnorrerei. »Wozu braucht ihr so viele Jeschiwess?« habe ich sie gefragt. »Was haben sie genützt, als Hitler an die Macht kam? Wo war Gott, als Seine Tora verbrannt wurde und als jene, die sie studierten, ihr eigenes Grab schaufeln mußten?« Darauf wußten diese Juden keine Antwort – jedenfalls kam es mir damals so vor. Tatsächlich aber war es so, daß ich ihnen, wenn sie etwas erwidern wollten, ins Wort fiel und erklärte, ich hätte keine Zeit. Ich war von vornherein überzeugt, daß sie meine Fragen nicht beantworten konnten. Ich gab ihnen Almosen, in der festen Meinung, daß es hinausgeschmissenes Geld sei.

Sie können sich ja denken, daß alle möglichen Leute bei mir genassauert haben. Ich habe oft für Zwecke gespendet, an denen ich nicht im geringsten interessiert war, und Leuten Geld gegeben, denen ich nicht über den Weg traute. Die frommen Juden verlangten von mir, die Tora zu unterstützen, und die weltlichen Juden baten mich um Spenden für kulturelle Zwecke. Kultur hier, Kultur dort. Oft lag mir die Frage auf der Zunge: »Eure Kultur, was ist das eigentlich? Wohin führt sie? Was für Menschen bringt sie hervor?« In den Jeschiwess, so meinte ich, würden Träumer und Schmarotzer herangezogen werden. Und die Kultur – wer und was würde aus ihr hervorgehen? Ich wußte es schon damals: Zyniker und Huren. Aber ich wagte nicht, es auszusprechen. War ich selber denn etwas anderes als ein Hurenbock? Ich suhlte mich im Schlamm und war überzeugt, daß man da nicht herauskriechen kann. Wenn die Jeschiwess zu nichts taugten, dann vielleicht das Theater. Wenn beides zu nichts taugte, was war dann überhaupt noch der Mühe wert? . . .

Celia merkte, daß ich jetzt noch weniger Zeit hatte als früher: Oft kam ich erst sehr spät nach Hause. Ich hatte Liza gebeten, mich nicht zu Hause anzurufen, aber sie tat es trotzdem. Celia begann zu sticheln, ich hätte mir eine Freundin zugelegt. Da ich befürchtete, daß sie mir einen Skandal machen oder sich, um es mir heimzuzahlen, einen Liebhaber zulegen würde, stritt ich es rundweg ab. Ich dachte mir alle möglichen Ausflüchte aus. Und ich schwor so manchen Meineid. Liza wurde immer anspruchsvoller. Sie gab ihren Job auf. Sie brauchte eine größere Wohnung, weil ihre Tochter bald zurückkommen und bei ihr wohnen wollte. Egal, wieviel Geld ich ihr gab – ständig jammerte sie, es reiche nicht aus. Die Tochter kam zurück und brachte ihren Liebhaber mit. Er hatte rote Haare und das Gesicht eines Totschlägers. Er sagte so ungefahr das gleiche, was Celia gesagt hatte, als sie noch Kommunistin war: daß die Revolution bald ausbrechen und daß man mich auf der Stelle liquidieren würde. Die Massen, so behauptete er, verlören allmählich die Geduld. »Ist es meine Schuld«, fragte ich ihn, »daß ich in ein kapitalistisches System hineingeboren wurde? Kann man sich das System aussuchen?« Worauf er erwiderte: »Wenn die Massen es satt haben, die Bürde zu tragen, fragen sie nicht nach Schuld oder Unschuld. Sie morden, stecken Häuser in Brand und machen, was sie wollen. *Das* ist Revolution.«

»Ja, *das* ist Revolution«, pflichtete ihm Lizas Tochter, die Soziologiestudentin, bei.

Ich sagte, sie hätten keinerlei Garantie dafür, daß der Pöbel nicht auch sie liquidieren würde. Ich erklärte ihnen, daß viele jüdische Rote, die mir und meinesgleichen mit dem Galgen gedroht hatten, in sowjetischen Gefängnissen umkamen oder in Stalins Zwangsarbeitslagern gefoltert wurden. Aber für die beiden klang das eher wie ein Märchen. Hier in Amerika würde sich das anders abspielen! Hier wüßten die Massen genau, wer ihr Freund und wer ihr Feind sei. Und falls sie trotzdem Fehler machen würden, dann wäre das auch nicht so tragisch. Fehler würden bei jeder Revolution gemacht . . .

Lizas Tochter lebte buchstäblich vor den Augen ihrer Mutter mit diesem Kerl zusammen. Ständig haben sie miteinander geschmust. Sie sprachen voller Hochachtung von allen möglichen Terroristen. Liza versuchte, zumal wenn ich dabei war, ihnen zu widersprechen, aber sie machten Hackfleisch aus ihr. Was wußte *sie* denn schon von solchen Dingen? Ständig trugen die beiden Bücher, Broschüren, Aufrufe und Petitionen mit sich herum. Das Telefon klingelte den ganzen Tag. Liza hatte jetzt ein Extrazimmer, das als »mein« Zimmer bezeichnet wurde. Wenn ich es leid war, mit der Tochter und dem »Schwiegersohn«, wie ich ihn nannte, zu streiten, ging Liza mit mir in »mein« Zimmer und beklagte sich darüber, wie teuer alles geworden sei und wie schwer es ihr fiele, ihren Verpflichtungen nachzukommen. Ich hielt nicht nur Liza, sondern auch die Tochter und den Burschen aus, der mir ständig prophezeite, daß ich beim Aufstand der Massen ins Gras beißen müßte – aber ich brachte es nur selten über mich, Liza etwas über ihr fabelhaftes Töchterchen zu sagen. Wenn ich's tat, begann sie sofort zu flennen und wurde hysterisch. Was ich denn gegen Micki hätte? (»Micki« war der Kosename der Tochter.) Sie sei doch noch ein Kind! Sie habe ohne Vater aufwachsen müssen, die Arme! Ihr persönlich wäre es natürlich lieber, wenn Micki einen Arzt oder einen Rechtsanwalt oder einen Zahnarzt heiraten würde, statt sich mit diesem Rauhbein aus Texas herumzutreiben – aber auf wen hörten die Kinder heutzutage denn noch? Eine ganz andere Welt sei das heute, eine ganz andere Zeit.

Ja, es war eine andere Welt, es war eine andere Zeit – und ich steckte tief im Morast, und was ich tat, war das Werk des Teufels.

Und nun komme ich zu dem Vorfall, der mein Leben verändert hat.

2

Es war ein kalter Wintertag. Ich war den ganzen Tag mit meinem Geschäftspartner auf unserer Baustelle auf Long Island gewesen. Ich rief Celia an und sagte ihr, daß ich am Abend nicht nach Hause kommen könnte. Sie fragte, in welchem Hotel ich übernachten würde, und ich sagte, das wüßte ich noch nicht, weil wir erst noch woanders hinfahren müßten. Unser Telefongespräch war kurz, wie alle unsere Gespräche. In Wirklichkeit hatte ich mit Liza ausgemacht, daß ich bei ihr zu Abend essen und über Nacht dortbleiben würde. Liza bildete sich etwas ein auf ihre Kochkünste. »Liebe geht durch den Magen«, sagte sie oft zu mir. Ich bin kein starker Esser, aber sie kochte Gerichte, an die ich mich noch aus meinem Elternhaus erinnern konnte und deretwegen ich ihr oft Komplimente machte.

Ich erledigte meine Arbeit so schnell wie möglich und klopfte Punkt sechs an Lizas Tür. Mir graute davor, die Tochter und ihren Liebhaber vorzufinden, doch zum Glück waren sie ausgegangen. An diesem Abend kam mir Lizas Wohnung hübscher und behaglicher vor als sonst. Draußen war es bitterkalt, in der Wohnung war es gemütlich warm. Da Liza genug Zeit hatte, die Möbel zu polieren, die Teppiche zu pflegen und das Silber zu putzen, blitzte alles vor Sauberkeit. Aus der Küche duftete es nach meinen Leibspeisen. Wir tranken ein paar Cocktails, dann setzten wir uns zu Tisch. Nach jedem Gang, den Liza auftrug, lamentierte sie über ihr Schicksal. Sie sei so allein. Ihre Tochter mache ihr großen Ärger – sie verlange Geld von ihr, weil ihr Liebhaber unvorsichtig gewesen sei und sie geschwängert habe. Für eine Abtreibung bei einem guten Arzt, der sie dabei nicht in Lebensgefahr bringen würde, müsse Micki gut und gern siebenhundert Dollar berappen. Micki habe sie um das Geld angebettelt, weil ihr Freund keinen Cent besitze. Ich fand das alles so widerlich, daß mir das Essen im Hals steckenblieb. Ich sollte also für die Hemmungslosigkeit eines Burschen bezahlen, der den Blick und die Visage eines Killers hatte. Ich sagte, wenn Micki reif genug sei, um mit einem Mann zusammenzuleben, dann sollte sie auch genug Verstand haben, um vorsichtig zu sein. Liza begann bitterlich zu schluchzen. Was sie denn tun solle? So sei halt die junge Generation. Wenn sie ein falsches Wort zu Micki sage, drohe diese sofort, sich umzubringen oder zu konvertieren oder sonst was zu tun.

Sie weinte und weinte, bis ich es nicht mehr ertragen konnte und ihr versprach, daß sie die siebenhundert Dollar von mir bekommen würde. Und das, obwohl sie mir unter allen möglichen Vorwänden ohnehin schon mehr als genug Geld abschwatzte.

All das verdarb uns das Abendessen und natürlich auch

den Sex. Wenn ein Mann zornig wird und sich ausgebeutet und gedemütigt fühlt, vergeht ihm die Leidenschaft. Ich versuchte, mich mit Whisky aufzuputschen, aber es half nichts. Impotent lag ich neben Liza und kam mir wie ein alter Mann vor. Sie versuchte, mich mit zärtlichen Worten, mit verlogenen Worten, mit scharfen Worten und dann auch mit Schweinigeleien zu erregen, doch vergebens. Schließlich warf sie mir vor, ich liebte sie überhaupt nicht. Mir lag die Frage auf der Zunge: »Warum sollte ich dich lieben? Was ist denn liebenswert an dir? Zur Liebe gehört auch Achtung, aber wie könnte ich eine Frau achten, die mir das Geld aus der Tasche zieht, und zwar nicht nur für sich selber, sondern auch für zwei gesunde, völlig skrupellose junge Leute, die gar nicht daran denken, sich eine anständige Arbeit zu suchen?« Ich dachte an meine Eltern und Großeltern und hatte das Gefühl, sie und die ganze Geschichte des jüdischen Volkes verraten zu haben. Ich dachte an das, was ich über unsere Märtyrer in Polen gehört und gelesen hatte: an die Juden, die ihre Gebetsmäntel und Gebetsriemen angelegt hatten und in den Märtyrertod gegangen waren. Ich stammte von solchen Juden ab. Man hatte mich ihre Tora gelehrt. Und wofür hatte ich das alles eingetauscht?

Ich schlief ein, doch der Schlaf erquickte mich nicht, sondern steigerte meinen Schmerz. Ich träumte, ich sei in einem Keller, wo ich mich zusammen mit meinen Eltern und anderen Juden vor den Nazis versteckt hatte. Von draußen waren Schüsse und Schreie zu hören. Plötzlich zündete jemand ein Streichholz an, und da sah ich, daß ich eine braune Naziuniform mit dem Hakenkreuz anhatte. Mich packte die Angst. Wie war das möglich? Und was würden die Juden sagen, wenn jetzt vielleicht noch ein Streichholz aufflammte und sie entdecken würden, *wer* bei ihnen im Keller war? Im Traum hatte ich das Gefühl, daß die Naziuniform das Resultat meines Lebenswandels war. Am meisten peinigte mich der Gedanke, daß ich meinen Eltern Schande machen würde. Völlig erschöpft erwachte ich aus diesem Alptraum.

Plötzlich schrillte die Türklingel. Liza, die ebenfalls eingeschlafen war, schreckte hoch. »Wer kann das sein? Ich mache nicht auf.« Aber draußen wurde immer heftiger geklingelt. Liza zog ihren Morgenrock an und ging zur Tür. Ich konnte Gemurmel und ärgerliches Geflüster hören. Ich wußte sofort, daß es Micki war. Mutter und Tochter zankten sich, aus dem Getuschel wurde Gekeife. Kurz darauf hörte ich Schreie und heftige Schläge. Micki drosch auf ihre Mutter ein. Ich schlüpfte in meinen Schlafrock und rannte hinaus, um Liza zu Hilfe zu kommen. Micki hatte ihre Mutter an den Haaren gepackt und schlug auf sie ein.

»Du Hure!« schrie Liza. »Miststück! Herumtreiberin!«

»Und was bist *du?«* schrie Micki. »Ich kenne deine Schliche! Du wechselst die Liebhaber wie Handschuhe! *Du* hast mich zu dem gemacht, was ich bin! Zur Zeit hast du *zwei* Liebhaber!« Sie versetzte ihr so heftige Schläge, daß ich Angst hatte, sie würde sie umbringen.

»Lügnerin! Diebin! Dirne!« schrie Liza gellend.

»Ja, du hast zwei Liebhaber und schröpfst sie beide!«

Und dann ließ sie sich über den Lebenswandel ihrer Mutter aus und nannte Namen. Liza brach zusammen und rang krampfhaft nach Atem.

»Das ist das letzte Mal«, schrie ihre Tochter, »daß du mir unter die Augen kommst, du alte Hure!«

Ich zog mich hastig an. Ich war nahe daran, mich zu erbrechen. Ich fürchtete, der Streit zwischen Mutter und Tochter würde mit einem Mord enden. Mir fiel ein, was ich als Junge gelernt hatte: Wer eines der Zehn Gebote bricht, wird auch alle anderen brechen.

Liza lag wie ein Bündel Lumpen auf dem Fußboden. Plötzlich sprang sie auf und schrie: »Sie ist eine Lügnerin! Eine Lügnerin! Geh nicht weg! Wo willst du denn hin? Ich bringe sie um!«

Sie rannte in die Küche und kam mit einem Messer zurück. Ihr Blick war wild, ihr Gesicht fahl, ihr Mund verzerrt. Die Tochter versuchte, ihr das Messer abzunehmen. Ich ergriff die Flucht und stürmte die Treppe hinunter, weil es mit dem Fahrstuhl zu lange gedauert hätte. Das Haus schien hundert Stockwerke zu haben. So viele Treppen! Die Tür, die vom Treppenhaus ins Vestibül führte, war abgesperrt. Mein Herz klopfte wie wild. Mir war schwindlig. Ich ging ins Kellergeschoß, wo sich die Heiztanks und Gasuhren befanden. Dort brüllte mich ein Betrunkener an und drohte mir mit der Faust. Irgendwie schaffte ich es, ihm meine Notlage zu erklären. Ich gab ihm einen Dollar, woraufhin er mich ins Vestibül führte. Auf der Straße hielt ich Ausschau nach einem Taxi. Es war schneidend kalt, der Wind blies mir ins Gesicht und zerrte mir fast den Hut vom Kopf. Ich war schon ganz steif vor Kälte, und nirgends war ein Taxi zu sehen. Dann tauchte plötzlich eines auf, und ich begann zu winken. Ich war halb erfroren, und die Bitterkeit, die ich empfand, schlug sich mir auf den Magen. Im Taxi überkam mich wieder ein Brechreiz, und es kostete mich eine schier übermenschliche Anstrengung, den Wagen nicht zu besudeln. Wie immer, wenn ich nicht mehr aus und ein wußte, vergaß ich meine Ketzerei und flehte Gott an, mir wenigstens diese Schande zu ersparen. Ich hätte den Fahrer bitten können, zu halten, und hätte mich draußen auf der Straße übergeben können, aber er machte einen erbosten Eindruck. Er redete kein Wort mit mir, sondern knurrte bloß vor sich hin. Man sah ihm an, daß er, wie alle, die nachts aufbleiben müssen, gereizt war. Irgendwie gelang es mir, mich zu beherrschen. Als wir bei meiner Wohnung hielten, gab ich dem Taxifahrer einen Zehndollarschein. Er wollte mir herausgeben, doch ich winkte ab, weil ich nicht mehr so lange warten konnte. Während der ganzen Fahrt hatte ich Angst gehabt, daß er mich berauben, wenn nicht sogar umbringen würde. Er kam mir wie ein Verbrecher vor.

Sobald das Taxi weitergefahren war, beugte ich mich über einen Schneehaufen und erbrach das ganze Essen und die Getränke, die Liza mir serviert hatte. Ich beschmutzte meinen Mantel. In mir war bloß noch Bitterkeit, vermischt mit Ekel und mit Scham über meine Erniedrigung.

Im Vestibül hätte eigentlich ein Nachtportier Dienst

machen sollen, aber ich wußte nur zu gut, wo er sich aufhielt: drunten im Souterrain, wo er mit dem Streifenpolizisten Karten spielte, der eigentlich auf der Straße patrouillieren und die Hausbewohner beschützen sollte. Man durfte nichts dagegen sagen, denn trotz allen schönen Geredes über Demokratie, Recht und Freiheit hat sich die Welt bis heute an den Grundsatz »Macht geht vor Recht« gehalten. Und seit die Juden die Nichtjuden nachäffen, halten auch sie sich an diesen Grundsatz. In New York wurde schon damals jeden zweiten Tag jemand umgebracht, und die Polizei hat die Täter nicht aufgespürt. Und wenn wirklich einmal ein Täter verhaftet wurde, haben ihn die Anwälte sofort auf Kaution freibekommen, und später hat ihn das Gericht wegen Mangels an Beweisen freigesprochen. Wenn sich ein Zeuge meldete, mußte er in Schutzhaft genommen werden, damit die Verbrecher ihm nichts antun konnten. In Amerika liefen, wie in Sodom, die Missetäter frei herum, während die Zeugen im Gefängnis schmachten mußten. Und das alles geschah im Namen des Liberalismus. Die weltliche Justiz beschutzt den Verbrecher und liefert ihm das Opfer auf Gnade und Ungnade aus. Jedermann weiß das, aber wenn jemand ein Wort darüber fallen läßt, wirft man ihm Schimpfnamen an den Kopf. In meiner eigenen Firma mußten wir ständig Schmiergeld zahlen – an Inspektoren, Polizisten und alle möglichen Beamten. Der Bürgermeister wußte davon. Es war sozusagen ein offenes Geheimnis. Der moderne Jude ist nicht besser als der Nichtjude. Auch er nützt die Situation häufig für seine eigenen

Zwecke und für seinen Profit aus. Viele Anwälte bringen den Verbrechern bei, wie man das Gesetz umgehen und es zum Gespött machen kann. Und ich war ein Bestandteil dieses Systems.

3

Als ich mich etwas erholt hatte, fuhr ich mit dem Lift in mein Stockwerk. Ich hatte endgültig mit Liza gebrochen. Ich sagte mir: »So viele Männer geben sich mit ihrer Ehefrau zufrieden – warum nicht auch ich?« Im Vergleich zu Liza kam mir Celia wie die Anständigkeit in Person vor. Sie hatte studiert und bemühte sich darum, eine Stellung, einen Beruf zu finden. Ich hatte eine Ausrede dafür parat, daß ich mitten in der Nacht nach Hause kam. Ein Mann, der mit mehreren Frauen zusammenlebt, hat Übung im Lügen. Törichterweise nahm ich an, daß Celia meine Lügen glaubte. So ist das eben: Wer andere betrügt, betrügt auch sich selbst. Jeder Lügner ist überzeugt, daß er der ganzen Welt etwas vormachen kann. Tatsächlich aber macht er sich selber am meisten vor.

Ich hatte einen Wohnungsschlüssel dabei, aber die Sicherheitskette war vorgelegt. Ich läutete, doch Celia öffnete nicht. Ich klingelte immer heftiger. Anscheinend schlief Celia, die gewöhnlich einen leichten Schlaf hatte, diesmal so tief, daß sie das Klingeln nicht hörte. Allmählich bekam ich Angst, daß ihr etwas zugestoßen sein könnte. Unsere Wohnung hatte auch eine Hintertür, zu der ich ebenfalls einen Schlüssel hatte. Vom Lift aus führte ein Gang, in den die Müllsäcke gestellt wurden, zum Lastenaufzug. Als ich die Tür zu diesem Gang öffnete, sah ich einen Mann aus der Hintertür unserer Wohnung kommen. Ich kannte ihn. Es war einer der Professoren, die Celias Doktorarbeit zu beurteilen hatten. Hinter ihm sah ich Celia im Nachthemd stehen. In meiner Wohnung, lieber Freund, spielte sich also das gleiche ab, was in all diesen Melodramen und Kitschfilmen gezeigt wird: Der Ehemann kommt unerwartet nach Hause, und seine Frau läßt ihren Liebhaber durch die Hintertür verschwinden. Vor lauter Scham machte ich die Tür zum Gang wieder zu. Maimonides hat einmal geschrieben, die Gehenna bedeute Scham. Ich durchlitt in diesem Augenblick die Scham, die die Gehenna bedeutet.

In den Melodramen stürzt sich der Ehemann auf den Liebhaber und schlägt sich mit ihm auf Leben und Tod. Mir dagegen war nicht danach zumute, mich mit diesem alten Lüstling anzulegen. Ich wartete, bis seine Schritte auf der Treppe nicht mehr zu hören waren. Mittlerweile war Celia an die vordere Tür gekommen und machte mir auf. Dann rannte sie ins Bad und schloß sich ein. In dieser Nacht leerte ich, wie man zu sagen pflegt, den bitteren Kelch bis zur Neige. Mir war klar, was ich tun mußte: Schluß machen mit dem Leben, das ich bisher geführt hatte, die Bande zwischen mir und allem und jedem in meiner Umgebung zertrennen. Das Schicksal hatte mir einen Schlag versetzt, mit dem ich mich nicht abfinden durfte. Eigentlich hatte ich schon die ganze Zeit gewußt, daß mein Leben eine Schmach war – die unaufhörliche

Jagd nach Geld, meine Liebesaffären, die Zugehörigkeit zu einer Gesellschaft, die durchweg korrupt war und deren Justiz dem Verbrechen Vorschub leistete.

Da Celia immer noch im Badezimmer war, konnte ich meine Sachen zusammensuchen und das Notwendigste einpacken. Zum Glück war mein Reisepaß noch ein paar Jahre gültig. Auch ein Sparbuch und einige wichtige Dokumente hatte ich in der Wohnung aufbewahrt. Ich hörte Celia im Badezimmer husten. Zuweilen ließ sie das Wasser laufen, anscheinend um sich zu waschen. Ich brauchte zum Packen ungefähr eine Dreiviertelstunde. Ich fürchtete, daß Celia hereinstürmen und mir mit dem in solchen Situationen üblichen Geschwafel und mit allerlei Rechtfertigungen kommen würde, aber sie verhielt sich ruhig. Vermutlich ahnte sie, daß ich meine Sachen packte, und wollte warten, bis ich fortgegangen war.

Ich nahm meine zwei Reisetaschen, verließ die Wohnung, ging die Treppe hinunter und stand dann wieder draußen in der Kälte. Mir war völlig klar, daß ich nicht nur mein Zuhause verließ, sondern ein ganz neues Leben begann. Auf der Straße konnte ich nicht bleiben. Es war grimmig kalt, ein eisiger Wind blies. Ich nahm ein Taxi und ließ mich ins erstbeste Hotel fahren, dessen Name mir einfiel. Dort trug ich mich unter dem erstbesten Namen ein, der mir in den Sinn kam. Ich hatte meine Frau, meine Geliebte und mein Geschäft aufgegeben, weil ich nicht in New York und auch nicht in Amerika bleiben wollte – aber ich empfand es nicht als Verlust. Ich legte mich zu Bett und schlief den Schlaf dessen, der sich mit allem abgefunden hat. Als ich aufwachte, schien die Sonne. Ich beschloß, alles, was ich besaß, zu Geld zu machen. Was nicht sofort flüssig gemacht werden konnte, würde ich ganz einfach zurücklassen. Ich kann nicht sagen, daß ich mich wie neugeboren gefühlt hätte. Es war wohl eher das Gefühl eines gerade Verstorbenen, dessen Seele in einen fremden Körper gewandert ist.

Zunächst wollte ich ein Bad nehmen oder duschen und dann hinunter ins Restaurant gehen, um zu frühstücken. Ich dachte sogar daran, Eier mit Schinken oder Speck zu bestellen. Doch im nächsten Moment fiel mir ein, daß ich vergangene Nacht im Taxi beschlossen hatte, Jude zu sein – und Juden essen kein Schweinefleisch. Gleichzeitig wurde mir klar, wie viele Probleme mein Entschluß mit sich bringen würde. Um Jude zu sein, um sich an die Vorschriften des *Schulchan Aruch* zu halten, muß man – wie Sie vorhin sagten – an die Tora und die Gemara glauben und daran, daß alles, was die Rabbis niedergeschrieben haben, Moses auf dem Berg Sinai übergeben wurde. Daran glaubte ich aber nicht. Ich hatte viel gelesen, in Warschau, in Rußland und dann auch in Amerika, und es fiel mir schwer, die Auffassung zu akzeptieren, daß Moses nicht nur die Zehn Gebote empfangen hatte, sondern auch alle Auslegungen und Verbote, die in jeder Generation von den Rabbis verkündet worden sind. Ich verabscheute die moderne Welt und alles, was kennzeichnend für sie ist – ihre Barbarei, ihre Zügellosigkeit, ihre verlogene Justiz, ihre Kriege, ihre Hitlers, ihre Stalins und alles andere –, aber ich hatte keinerlei Beweis dafür, daß uns die Tora von

Gott gegeben wurde. Nicht einmal dafür, daß es überhaupt einen Gott gibt. Sicher, es mußte irgendeine Kraft geben, die das Weltall bewegt. Ich hatte nie zu den Materialisten gehört, die behaupten, das Universum sei durch eine Explosion entstanden und alles habe sich dann von selbst weiterentwickelt. Ich hatte eine Geschichte der Philosophie gelesen und mir war, auch wenn ich kein Philosoph bin, aufgegangen, wie töricht, wie fadenscheinig und unglaubhaft all diese Theorien sind. Die ganze moderne Philosophie läuft doch nur auf das eine hinaus: Wir wissen nichts und wir *können* nichts wissen; unser kümmerliches Gehirn ist nicht imstande, die Ewigkeit, die Unendlichkeit oder auch nur das Wesen der Dinge, die wir sehen und berühren, zu begreifen. Aber wo hat das hingeführt? Die Ethik dieser Philosophen war keinen Pappenstiel wert und hat niemanden zu etwas verpflichtet. Man konnte mit all diesen philosophischen Systemen vertraut und trotzdem ein Nazi oder ein KGB-Funktionär sein. Ich war an jenem Tag nicht nur körperlich, sondern auch geistig zermürbt.

So also war mir zumute, als ich an jenem Morgen ins Restaurant hinunterging, um zu frühstücken. Ich kaufte eine Zeitung und fand darin all das, wovor ich fliehen wollte: Krieg, Verherrlichung der Revolution, Mord, Notzucht, zynische Versprechungen der Politiker, verlogene Leitartikel, lobende Worte über läppische Bücher und über schmutzige Theaterstücke und Filme. Die Zeitung frönte jeder erdenklichen Art von Götzendienst und pfiff auf die Wahrheit. Ihre Redakteure behaupteten, wenn der von ihnen unterstützte Präsidentschaftskandidat die Wahl gewinnen und diese und jene Reform durchführen würde, dann käme die Welt wieder in Ordnung. Sogar die Todesanzeigen klangen irgendwie optimistisch. Die Verdienste der Verstorbenen wurden aufgezählt, ihre Fotos waren abgebildet. Ein Theaterproduzent war gestorben, und in dem Nachruf wurde der ganze Schmutz und Schund aufgezählt, den er auf die Bühne gebracht hatte. Die Tatsache, daß er relativ jung verstorben war, wurde übergangen. Betont wurde, daß er es zu einem großen Vermögen gebracht hatte, das er seiner vierten (oder fünften) Frau hinterließ.

An diesem Tag war ein Mörder verhaftet worden, der vorher schon mehrmals des Mordes beschuldigt, aber jedesmal entweder auf Kaution freigekommen oder bedingt aus der Haft entlassen worden war. Die Zeitung brachte sein Foto und den Namen des Anwalts, dessen Aufgabe darin bestand, diesen Mörder straffrei ausgehen zu lassen, damit er auch weiterhin unschuldige Menschen umbringen konnte.

Ja, es gab viele Gründe, um angewidert die Flucht zu ergreifen. Aber wohin fliehen? In dieser Zeitung standen auch religiöse Nachrichten. Es wurde von zwei christlichen Organisationen berichtet, die sich – so ähnlich wie zwei Wall-Street-Firmen – zur Fusionierung entschlossen hatten. Und von einem Rabbiner, der mit einer Medaille ausgezeichnet worden war. Das Foto zeigte ihn zusammen mit einigen Damen, die ihn ostentativ anlächelten – und er lächelte ebenfalls und stellte die Medaille zur Schau. Er wirkte vulgär und hatte, obwohl er angeblich ein echter Jude war, den gojischsten Namen, den sich ein assimilierter Jude aussuchen kann.

Zu welcher Religion würde *ich* mich bekennen? Woran konnte ich glauben? . . .

Die Bedienung kam, ich bestellte mein Frühstück. Ich beobachtete, wie sich jemand am Nachbartisch über eine Portion Schinken mit Eiern hermachte. Ich war längst zu der Überzeugung gelangt, daß die Art und Weise, wie der Mensch mit den Geschöpfen Gottes umgeht, seinen Idealen und dem ganzen sogenannten Humanismus Hohn spricht. Damit dieser vollgefressene Kerl sich an Schinken delektieren konnte, mußte ein Lebewesen aufgezogen, zur Schlachtbank gezerrt, gequält, abgestochen und mit kochendem Wasser abgebrüht werden. Dieser Mensch kam gar nicht auf den Gedanken, daß das Schwein aus dem gleichen Stoff geschaffen war wie er selbst und daß es leiden und sterben mußte, bloß damit er das Fleisch verzehren konnte. »Wenn es um Tiere geht«, habe ich mir oft gedacht, »ist jeder Mensch ein Nazi.« Ich hatte schon oft darüber nachgegrübelt, war aber nie zu einem Entschluß gekommen. Für Liza hatte ich einen Pelzmantel gekauft, der aus den Fellen zahlreicher Lebewesen hergestellt worden war. Wie entzückt sie über das Fell dieser abgeschlachteten Tiere strich! Sie floß über vor Bewunderung für das Fell, das man anderen Lebewesen abgezogen hatte!

Ja, schon immer hatte ich solche Empfindungen gehegt, aber an jenem Morgen war es, als hätte mir jemand mit einem Hammer auf den Kopf geschlagen. Zum ersten

Mal wurde mir bewußt, was für ein entsetzlicher Heuchler ich war.

4

Der erste Entschluß, den ich faßte, hatte eigentlich nichts mit Religion zu tun, aber für mich *war* es ein religiöser Entschluß. Nämlich: kein Fleisch und keinen Fisch mehr zu essen – nichts, was einmal lebendig gewesen und zu Ernährungszwecken getötet worden war. Schon als Geschäftsmann, der reich werden wollte, schon als ich andere und auch mich selbst betrog, hatte ich gespürt, daß ich gegen meine Überzeugung lebte und daß meine Lebensweise verlogen und verderbt war. Ich war ein Lügner, obwohl ich Lug und Trug verabscheute. Ich war ein geiler Bock, obwohl ich mich von liederlichen Frauenzimmern und von jeder Zügellosigkeit angewidert fühlte. Ich aß Fleisch, obwohl mir jedesmal schauderte, wenn ich daran dachte, wie Fleisch zu Fleisch gemacht wird. Ich habe genug gelernt, um zu wissen, daß die Tora das Fleischessen als »notwendiges Übel« betrachtet. Die Tora spricht verächtlich von denen, die sich nach den Fleischtöpfen sehnen. Ich habe stets größte Sympathie für jene indischen Sekten empfunden, deren Mitglieder aus religiösen Gründen Vegetarier sind. Von jeher hat alles, was mit Schlachten, Enthäuten und Jagen zu tun hat, Abscheu und Schuldgefühle in mir erweckt, die mit Worten nicht zu beschreiben sind. Selbst wenn – so sage ich mir manchmal – eine Stimme vom Himmel ertönen und das Abschlachten von Tieren gutheißen würde, gäbe ich das gleiche zur Antwort, was einmal ein Tanna gesagt hat: »Wir kümmern uns nicht um Stimmen vom Himmel.« Ich habe, wie Sie sehen, zur Jüdischkeit zurückgefunden, aber auch unter den frommen Juden bin ich so etwas wie ein Eigenbrötler geblieben. Oft sagt man mißbilligend zu mir: »Du brauchst nicht frommer zu sein als die Heiligen. Du brauchst nicht mehr Mitleid mit den Tieren zu haben als der Allmächtige.« Manche tadeln mich, weil ich am Sabbat weder Fleisch noch Fisch esse. Aber darauf erwidere ich jedesmal: »Wenn es mir bestimmt ist, in die Gehenna zu kommen, weil ich kein Fleisch esse, dann nehme ich diese Strafe gern auf mich. Ich bin felsenfest überzeugt, daß es auf Erden keinen Frieden geben wird, solange die Menschen das Blut der Geschöpfe Gottes vergießen. Vom Abschlachten der Tiere ist es nur *ein* Schritt bis zum Abschlachten von Menschen.« Für mich schließt das Gebot »Du sollst nicht töten« auch die Tiere ein. Ich habe meine jetzige Frau zu dieser Auffassung bewegen können. Wir sind eine Familie mit vegetarischer Lebensweise.

Es würde zu weit führen, Ihnen alles zu schildern, was mir seit dem Tag, an dem ich meine Ehefrau, meine Geliebte und mein Geschäft aufgab, widerfahren ist. Eben noch mit tausend Banden – oder Ketten – an die weltliche Gesellschaft gebunden, war ich im nächsten Moment von allem und jedem abgeschnitten. Das erste, was ich an jenem Morgen unternahm, war, mir für den gesamten Betrag, den ich auf dem Konto hatte, Reiseschecks zu besorgen. Die Bankkassierer wunderten sich darüber, daß ich mir so viele Schecks ausstellen ließ. Sie fragten, wohin denn die Reise gehen solle, und ich sagte, ich wollte eine Weltreise machen, auf der ich zahlreiche Länder besuchen würde. Darauf sagte jeder das gleiche: daß er mich beneide. Auf die Frage einer Bankangestellten, ob ich zusammen mit meiner Frau verreisen würde, erwiderte ich, daß ich Witwer sei. In gewissem Sinne war das nicht gelogen. Ich hatte das Gefühl, daß die Welt, in der ich gelebt hatte, gestorben war.

Immer wieder sagte ich mir, daß es für mich nur einen einzigen Ausweg gäbe: zur Jüdischkeit zurückzukehren, und zwar nicht bloß zu einer x-beliebigen modernen Jüdischkeit, sondern zu der Jüdischkeit meiner Großväter und Urgroßväter. Aber dann erhob sich jedesmal die entscheidende Frage: Besitze ich denn ihren Glauben? Und ich beantwortete sie klar und ehrlich: Nein, ihren Glauben besitze ich nicht. »Welchen Sinn hat es dann«, fragte eine Stimme in mir, »zur Jüdischkeit deiner Großväter zurückzukehren? Du wirst kein echter Jude sein, sondern bloß so tun. Du wirst wie jene Schauspieler sein, die Gebetsmäntel anlegen, auf der Bühne heilige Männer und Rabbis darstellen und dann nach Hause gehen und sich wieder genauso mies benehmen wie vorher. Mach dir nichts vor! Ruinier dein Leben nicht! Du bist ein Ungläubiger und mußt so leben wie alle Ungläubigen. Wenn deine Frau dir untreu gewesen ist, dann such dir eine, die dir treu sein wird, oder leg dir eine Geliebte zu, die deinen Bedürfnissen entspricht. Dich in die Jüdischkeit zu stürzen, ohne daran zu glauben, daß jedes Wort im *Schulchan*

Aruch geheiligt ist – das wäre genau das, was man im Jiddischen ›einen gesunden Kopf auf ein krankes Kissen legen‹ nennt. Du wirst weder hier noch dort etwas sein. Ein Paradox, ein Heuchler.«

Aber dann mischte sich eine andere Stimme ein: »Alle Wege, ausgenommen der in die kompromißlose Jüdischkeit, führen unweigerlich in die Verlogenheit und Unzüchtigkeit, die du verabscheust. Wenn du nicht an den *Schulchan Aruch* glaubst, dann mußt du an das Böse und an all die hohlen und sittlich verkommenen Theorien glauben, die in den Abgrund führen. Wenn jemand dem Ertrinken nahe ist und plötzlich eine Schwimmweste sieht, fragt er nicht, wer sie ihm zugeworfen hat, wie lange er sich damit über Wasser halten kann oder sonst was. Ein Ertrinkender greift sogar nach einem Strohhalm. Du hast mit eigenen Augen gesehen, wozu Sittenlosigkeit führt: KGB, Gestapo. Wenn du kein Nazi sein willst, mußt du das Gegenteil werden. Es ist kein Zufall, daß Hitler und seine Theoretiker einen wütenden Kampf gegen den Talmudjuden führten. Diese Schurken haben zu Recht vermutet, daß der Talmud und der Talmudjude ihr größter Feind sei. Einem Juden ohne Gott kann man leicht einreden, ein Lenin oder Trotzki oder Stalin brächten die Erlösung. Juden ohne Gott können daran glauben, daß Karl Marx der Messias gewesen sei. Juden ohne Glauben greifen sogar nach verbrannten Strohhalmen. Alle paar Monate suchen sie sich ein neues Idol, eine neue Illusion, irgend etwas, das gerade in Mode ist, eine neue Verrücktheit. Sie verehren Mörder jeglicher Art, Huren, falsche Propheten, Possenreißer. Sie begeistern sich für jeden kleinen Schreiberling, jeden Schmierenkomödianten, jede Kokotte. Selbst wenn das Gesetz Mose und der Talmud bloß Menschenwerk wären, sind sie dennoch der mächtigste Schutzwall gegen die Verderbtheit. Der Talmudjude tötet nicht. Er nimmt nicht an Orgien teil. Man braucht sich im Wald oder auf einsamen Wegen nicht vor ihm zu fürchten. Er trägt keine Schußwaffe bei sich. Er hat nicht vor, deine Abwesenheit dazu auszunützen, mit deiner Frau zu schlafen. Er ist nicht darauf aus, deine Tochter zu entehren. Obwohl er den christlichen Glauben nicht angenommen hat, hält er seit zweitausend Jahren die andere Wange hin, während jene, die sich zur christlichen Nächstenliebe bekennen, ihm oft genug den Bart mitsamt einem Stück von der Wange ausgerissen haben. Der Talmudjude geht gegen keine Rasse, Klasse oder Gruppe mit Gewalt vor. Er will nichts anderes, als seinen Lebensunterhalt verdienen und seine Kinder und Kindeskinder so erziehen, daß sie sich an die Tora und den *Schulchan Aruch* halten. Er möchte keusche Töchter aufziehen, keine Huren. Er braucht keine moderne Literatur, kein modernes Theater, keine Nacktkultur. Er ändert seine Ansichten nicht jeden Montag und Donnerstag.

Zugegeben, nicht alle Talmudjuden sind Heilige. Auch bei ihnen gibt es solche und solche. Manche handeln unethisch, sind auf Anerkennung erpicht und lassen sich auf allerlei chassidische Klüngelei und Zänkerei ein. Aber selbst die Schlimmsten unter ihnen morden nicht, gehen nicht auf die Jagd, tun keiner Frau Gewalt an, rechtfertigen das Töten nicht, planen nicht, ganze Klassen und Rassen zu liquidieren, machen das Familienleben nicht zum Gespött. Trotzdem – sollte man sich nicht lieber die Besten zum Beispiel nehmen? Abschaum gibt es überall. »Wenn jemand ein Schwindler ist, dann ist er ja ohnehin kein Jude mehr.«

Dies sagte die andere Stimme. Es war eine mächtige Stimme, und ich wußte an jenem Morgen, daß sie nie mehr verstummen würde. Und dann rief sie mir zu: »Wenn die eine Stimme Abgötterei, Blut und Schmach fordert und die andere Mitleid und Reinheit, dann entscheide dich für diese!«

Ich dachte an jene jüdischen Kommunisten, die Chmielnicki als »Befreier der Massen« bezeichnet hatten. Und an die jüdischen Revolutionäre aus der zweiten Hälfte des neunzehnten Jahrhunderts, die die Pogrome in Rußland als Zeichen der Rebellion des Volkes gegen den Zaren rechtfertigten. Und haben ihre Nachfolger in unserer Generation denn nicht Loblieder auf Stalin gesungen, obwohl sie wußten, daß er Millionen unschuldiger Menschen, darunter Hunderttausende von Juden, gefoltert und ermordet hatte – und das alles im Namen der heiligen Revolution, die der Baal und der Moloch vieler moderner Juden ist? Es gab kein Übel, das diese jüdischen Roten nicht gerechtfertigt hätten, wenn sie glaubten, damit würden die Räder des Fortschritts geschmiert.

»Welche konkreten Schritte kann ich jetzt unternehmen?« fragte ich die Stimme, und sie erwiderte: »Geh in ein Bethaus und bete.«

»Ohne Glauben?« entgegnete ich. Und die Stimme sagte: »Du hast mehr Glauben als du weißt.«

Ich wußte nicht, wo es in dieser Gegend eine Synagoge oder ein Bethaus gab. Ich hatte keinen Gebetsmantel und keine Gebetsriemen. Der Gedanke, zu beten, erschien mir völlig unsinnig, doch die Stimme gab nicht nach. Sie machte mir einen praktischen Vorschlag: »Nimm ein Taxi und laß dich *downtown* fahren, in die Gegend um den East Broadway. Dort findest du, wonach du suchst. Wenn du ein Jude sein willst, mußt du jetzt gleich damit beginnen.«

Ich winkte ein Taxi herbei und ließ mich zur Lower East Side fahren. Verwundert und beschämt über das, was mit mir geschah, saß ich im Auto. Die andere Stimme höhnte: »Du wirst also fromm, weil zwei Frauen dir Hörner aufgesetzt haben? Deine Frömmigkeit ist Lüge und Selbstbetrug. Der Gott, zu dem du beten willst, existiert nicht. Wo war Er, als die Juden in Polen sich ihr eigenes Grab schaufeln mußten? Wo war Er, als die Nazis mit den Schädeln jüdischer Kinder spielten? Falls er existiert und geschwiegen hat, ist er genauso ein Mörder wie Hitler.«

Mit solchen Gedanken und Empfindungen stieg ich aus dem Taxi. Eine ganze Weile lief ich herum, ohne ein Bethaus zu entdecken. Dann kam ich zu einer kleinen Synagoge, aber der Gottesdienst war schon vorüber und die Tür verschlossen. Ich spielte bereits mit dem Gedanken, meine neu erwachte Jüdischkeit auf morgen zu verschieben. »Der Allmächtige hat so lange gewartet«, stellte der Spötter in mir fest, »da wird Er doch noch einen Tag länger warten können.« Plötzlich geschah etwas, das ich damals für ein Wunder hielt. Ein graubärtiger Jude sprach mich an. »Wären Sie bereit, mit uns zu beten? Kommen Sie mit! Uns fehlt noch ein Mann zum *Minjan.*« Dann erwähnte er den Namen eines Rabbis, der auf den zehnten Juden wartete.

Ich war wie vom Donner gerührt.

»Ich habe tatsächlich nach einem Bethaus Ausschau gehalten.«

»Dann kommen Sie doch mit!«

»Aber ich habe keinen Gebetsmantel und keine Gebetsriemen.«

»Wir geben Ihnen beides.«

Ich glaube noch heute, daß dies kein Zufall war. Die Mächte, die über jeden Menschen, jedes Insekt und jeden Wurm wachen, hatten mich auf den Weg geführt, den zu gehen mir bestimmt war und für den ich mich nach vielen Anfechtungen entschieden hatte. Ich ging neben dem Mann her. Wir kamen zu einem alten Haus und stiegen die Stufen zu der Wohnung hinauf, in der man auf mich wartete.

5

Das Haus, in dem der Rabbi wohnte, war eines von denen, die dazu verurteilt sind, niedergerissen zu werden. Ich ging durch einen schmalen, dunklen Flur. Die Tür wurde geöffnet, und ich betrat eine Art amerikanisch-chassidische Lernstube, in der ein Toraschrein, Regale mit alten Büchern, ein Lesepult und Bänke standen. Es war fast so, als wäre ich wieder in Warschau. Allerdings trugen die paar Männer, die hier auf und ab gingen, nicht die in Warschau üblichen Stoffkappen, sondern zerknautschte, fleckige Filzhüte. Diese Männer wirkten alt, verrunzelt, ungepflegt. In ihren Gesichtern war keine Spur von jener Inbrunst zu entdecken, der man in jedem chassidischen *schtibl* in Warschau begegnet war.

Sie guckten mich verwundert an. Offenbar kam ich ihnen nicht wie jemand vor, der sich mitten am Tag zu einem Minjan mitnehmen läßt.

Einer von ihnen sagte: »Ich hole den Rebbe.«

Nach einer Weile kam er mit einem alten weißbärtigen Mann zurück, der ein Scheitelkäppchen trug. Unter seinem verblichenen Mantel, der nicht zugeknöpft war, trug er ein rituelles Gewand, dessen Fransen fast bis zu den Schuhen hinabhingen. Der Rabbi war nicht größer als ein sechsjähriger Junge. Er hatte einen aufgequollenen Unterleib und ein gelbliches Gesicht. Ich bin kein Arzt, aber ich sah ihm an, daß er todkrank war. Er konnte nicht mehr richtig gehen, bloß noch schlurfen. Aus seinen Augen sprach eine Milde, die ich in Amerika schon ganz vergessen hatte. Das war ein Mensch, der keiner Fliege etwas zuleide tun konnte. Mir war klar, daß nicht unmäßiges Essen, sondern die Krankheit ihn so schwabbelig gemacht hatte. Ich begrüßte ihn. Seine Stimme war so mild wie sein Blick.

Er reichte mir die Hand und fragte: »Wo sind Sie her?«

»Aus Polen, aber ich lebe schon etliche Jahre in Amerika.«

»Wo waren Sie während des Holocaust?«

Ich sagte es ihm und erfuhr, daß er in Majdanek gewesen war. Zum ersten Mal begegnete ich einem frommen Juden, der vor den Naziverbrechern gerettet worden war. Auf meine Frage, von welchem rabbinischen Hof er käme, nannte er einen, von dem ich noch nie gehört hatte.

Dann versammelten wir uns zum Gebet. Ich hatte mich daran gewöhnt, daß bei den Amerikanern alles hopphopp gehen muß – dort aber ging alles ungewöhnlich langsam vonstatten. Es dauerte eine gute halbe Stunde, bis der Alte seinen Gebetsschal und die Gebetsriemen angelegt hatte. Ich betrachtete seinen abgenutzten Gebetsschal und wußte, daß er bald über dem Leichnam des alten Mannes im Grab liegen würde. Von einem der anderen Männer hatte ich inzwischen erfahren, daß der Rabbi nierenkrank war und kaum noch Wasser ausscheiden konnte. Ich sah ihm zu, wie er sich die Riemen um den Arm schlang und vor sich hinmurmelte. Daß jemand wie er Majdanek überleben konnte, ist für mich unfaßlich.

Ich sah einen Märtyrer vor mir, einen jener Heiligen, von denen erwartet wird, daß sie die Welt auf ihren Schultern tragen. Mit welcher Inbrunst er die Segenssprüche rezitierte! Es kostete ihn große Anstrengung, die Gebetsriemen anzulegen und die Schaufäden zu küssen. Ich merkte, daß er bei jeder Bewegung von Schmerzen gepeinigt wurde. Ich konnte einfach nicht fassen, daß es mir tatsächlich vergönnt war, dieses Relikt der alten Jüdischkeit mit eigenen Augen zu sehen. Einer der Männer schlug ihm vor, sich während des Achtzehngebetes zu setzen, doch der Rabbi weigerte sich.

Ich sah zu, wie er die zitternde Hand hob und sich an die Brust schlug, während er die Worte sprach: »Wir haben gesündigt ... Wir haben gefrevelt.« Er, der Heilige, bereute Sünden, die er nicht begangen hatte – während Millionen von Übeltätern sich mit ihren Mordtaten brüsteten und Zehntausende von Rechtsanwälten, unter ihnen auch Juden, Mittel und Wege suchten, um Diebe, Räuber, Schwindler und Frauenschänder straffrei ausgehen zu lassen. Es gab Heilige in New York – und ich hatte meine Zeit mit Huren verbracht, mit gerissenen Ausbeutern und mit Fabrikanten, die sich mit Callgirls abgaben. Und nun hatte mir jemand einen Gebetsschal und Gebetsriemen geliehen, aber ich hatte vergessen, wie man die Riemen schlingen muß, damit sie den Buchstaben Schin bilden, den ersten Buchstaben des Wortes *schaddai* – Gott.

Ich betete und stellte zu meiner Überraschung fest, daß es nicht das geringste mit Komödiespielen und faulem Zauber zu tun hatte. Ich dankte dem Schöpfer dafür, daß er mich in dieses Zimmer geführt hatte, zu echten Juden, die sich noch zu einem Minjan zusammenfanden, während es in der Welt da draußen von Haßgefühlen und üblen Theorien nur so wimmelte. Hier innen brauchte man sich seines Alters nicht zu schämen. Hier protzte niemand mit sexueller Leistungsfähigkeit und mit Trinkfestigkeit. Hier brachte man den Alten Respekt und fromme Demut entgegen. Keiner hier färbte sich die

Haare, keiner behauptete, »achtzig Jahre jung« zu sein oder benützte die bei seinen weltlichen Altersgenossen üblichen Floskeln.

Bis zu jenem Tag hatte ich alle möglichen Bücher, Zeitschriften und Zeitungen gelesen. Oft hatte ich diese Lektüre als tödliches Gift empfunden. Sie rief in mir immer bloß Bitterkeit, Angst und ein Gefühl der Hilflosigkeit hervor. Alles, was ich las, lief darauf hinaus, daß Macht und Falschheit von jeher die Welt regiert hätten und daß man nichts dagegen tun könnte. Die moderne Literatur benützte andere Formulierungen, um das gleiche auszusagen: »Wir leben in einem Schlachthaus und einem Bordell. So war es immer und so wird es immer sein.« Und nun hörte ich mich plötzlich Worte voller frommer Zuversicht sagen. Statt den Tag mit allen möglichen Berichten über Diebstahl und Mord, Triebhaftigkeit und Vergewaltigung, Unzüchtigkeit und Rachsucht zu beginnen, hatte ich ihn mit Worten über Gerechtigkeit, Heiligkeit und über einen Gott begonnen, der uns die Fähigkeit zu gegenseitigem Verständnis verliehen hat und der die Toten auferwecken und die Gerechten belohnen wird. Ich hatte entdeckt, daß ich den Tag nicht damit beginnen mußte, Gift zu schlucken.

Nach dem Gebet tat ich etwas, das Ihnen vielleicht melodramatisch erscheinen wird, aber ich bin kein Literat, und es ist mir egal, ob ich dramatisch oder melodramatisch wirke. Ich erklärte diesen Männern: »Ich habe Geld, und jeder, der Hilfe braucht, kann es bekommen.« Ich erwartete, daß alle in Aufregung geraten, die Hand ausstrekken und rufen würden: »Gib her! Gib her!«, denn ich war daran gewöhnt, daß heutzutage keiner genug bekommen kann. Aber diese Juden sahen mich nur verwundert an und lächelten, als hätte ich ihnen etwas vorgespielt. Nur zwei von ihnen gestanden mir, daß sie Not litten. Ich hatte eine Menge Bargeld in der Brieftasche und gab ihnen, soviel sie brauchten. Offenbar war es ihnen peinlich. Nach einigem Zögern erklärten sie mir, warum sie das Geld angenommen hatten. Die anderen sagten, sie brauchten nichts, aber alle waren sich einig, daß der Rabbi am dringendsten der Hilfe bedürfte.

Als ich den alten Mann fragte, was ich für ihn tun könnte, spielte ein Lächeln um seinen zahnlosen Mund. »Ich habe alles, was ich brauche. Gelobt sei Gott!«

»Achten Sie auf Ihre Gesundheit?«

»Die Ärzte wollen mich ins Krankenhaus schicken, aber das möchte ich nicht.«

Ich wußte, warum er nicht ins Krankenhaus wollte. Er bezweifelte, daß man dort koscheres Essen bekam.

»Ich werde so lange leben, wie es mir bestimmt ist«, sagte er.

»Rebbe, ich kann dafür sorgen, daß Sie im Krankenhaus ein Einzelzimmer bekommen und von guten Ärzten behandelt werden. Man wird darauf achten, daß Sie ...«

»Et«, sagte der Rabbi, was soviel bedeutet wie: »Da bin ich mir nicht so sicher«, »Darauf kann ich verzichten«, »Das ist nicht unsere Art«, »Da habe ich meine Zweifel« – und viele ähnliche Äußerungen religiöser Skepsis gegenüber weltlichen Versprechungen und Hilfsmitteln.

Mit diesem *»et«* wollte er sagen, daß es sich nicht lohnte, so viele Umstände zu machen.

Die Rebbezin kam herein. Sie war ungefähr im gleichen Alter wie der Rabbi, trug eine Haube und war so gebeugt und runzlig wie die Greisinnen, an die ich mich von früher erinnerte.

Ich erzählte ihr von dem Vorschlag, den ich ihrem Mann gemacht hatte, worauf sie sagte: »In den Krankenhäusern werden zuerst alle möglichen Tests gemacht, und das würde er nicht überleben.«

Sie wußte, wovon sie sprach. Ich hatte von anderen Kranken erfahren, daß an Patienten, die gewissen Ärzten in die Hände fallen, wie an Versuchskaninchen herumexperimentiert wird. Man zapft ihnen Blut ab und setzt sie allen möglichen Qualen aus. Diese Tests richten oft mehr Schaden an als die Krankheit selbst.

Die Rebbezin war die zweite Frau des Rabbis. Seine erste Frau und ihre Kinder waren in Europa umgekommen. Er erzählte mir, was er unter den Nazis erleiden mußte. Man hatte ihm den Bart abgeschoren. Er hatte Gräber ausheben und andere Schwerstarbeit verrichten müssen. Und er war geprügelt worden. Zum Sterben bereit, hatte er Tag für Tag die Sündenaufzählung gebetet, doch seine Seele hatte sich geweigert, den Körper zu verlassen. Auf meine Frage, ob er mit der orthodoxen Organisation in Amerika in Verbindung stehe, antwortete er wieder nur: *»Et . . .«*

Nein, er war keiner jener Rabbis, die von den modernen Orthodoxen in Amerika zu Tagungen geschickt werden konnten, wo sie sich fotografieren ließen und bei Banketten Spenden sammelten, die dann die Aufstellung großer Budgets ermöglichten. Er war ein altmodischer Jude, der zum Leben nicht mehr brauchte als ein Glas Tee, etwas Hafergrütze, ein paar alte Bücher und einen Minjan. Er hatte nicht das Bedürfnis, für Frömmigkeit in der Welt oder auch nur im Volk Israel zu sorgen. Er las keine Zeitungen. Jenes »Jiddisch«, das die modernen Orthodoxen von den Ungläubigen übernommen haben, war ihm unbekannt. Er redete wie mein Großvater und Ihr Großvater. Die wenigen Juden, die zu ihm hielten, waren genau wie er. Jüdischkeit war für sie eine Privatsache, eine Angelegenheit zwischen ihnen und dem Allmächtigen.

Ich versprach dem Rabbi, am Abend wiederzukommen. Er nickte und dankte mir. Es war sehr schwierig, zehn Männer für einen Minjan zu finden.

Ich gab der Rebbezin ein paar Dollar. Sie nahm sie nach einigem Zögern an und wünschte mir alles Gute. Ganz Amerika, sämtliche nichtjüdischen und jüdischen Organisationen riefen unentwegt dazu auf, Geld zu spenden. Sie errichteten Gebäude, beschäftigten immer mehr Angestellte, ließen die Schreibmaschinen klappern und taten alles, um bekannt zu werden. Sie zielten alle auf das gleiche ab: Erfolg – ob sie nun ein Theater oder eine Jeschiwa errichteten, eine Universität oder ein Tora-Institut, ein Sommerlager oder ein rituelles Bad. Doch dieser Erbe der alten Jüdischkeit wußte, daß man mit Geld die Jüdischkeit nicht festigen und nicht retten kann. Die heiligen Männer und die Gaonim waren aus den alten Lernhäusern hervorgegangen und als Jeschiwaschüler jeden Tag in einem anderen Haushalt verköstigt worden. Prunkvolle Gebäude, versierte Sekretärinnen, schrillende Telefone und aggressive Spendensammler haben nur das schaffen können, was sie selber verkörpern: Unruhe und Oberflächlichkeit.

6

Als ich das Haus des Rabbis verlassen hatte und in den Straßen der Lower East Side herumlief, kam mir der Gedanke, daß es am besten wäre, wenn ich in dieser Gegend ein Zimmer oder eine kleine Wohnung mieten würde. Dann konnte ich dreimal täglich mit dem Minjan beten. Und in der Delancey Street gab es ein vegetarisches Restaurant. Ich kam an Läden vorbei, in denen man Gebetbücher, Gebetsmäntel, Gebetsriemen, rituelle Gewänder und Mesusen kaufen konnte. Da die sogenannte neue Jüdischkeit im Grunde das gleiche ist wie Weltlichkeit – das heißt, voller Falschheit, Habgier und Eitelkeit –, mußte ich zur alten Jüdischkeit zurückkehren, die neuer als das Allerneueste ist. Ich ging in einen Laden und kaufte zwei heilige Bücher, die ich zufällig entdeckte: *Der Pfad der Aufrechten* von Mosche Chaim Luzzato und *Die Stimme des Elija. Ein Kommentar zu den Sprüchen Salomos* vom Wilnaer Gaon. Dann ging ich in das Restaurant in der Delancey Street und bestellte ein vegetarisches Gericht. Unschuldige Geschöpfe abschlachten, sich am Fleisch und Blut anderer Lebewesen mästen – Schluß damit! Der Kellner brachte mir ein Brötchen und einen Teller Grütze mit Bohnen und Pilzen – alles sehr lecker. Warum Fleisch essen, wenn es so schmackhafte andere Speisen gibt?

Während des Essens blätterte ich in den Büchern. Welche Seite ich auch aufschlug, überall stieß ich auf Weisheit. Nicht jene »Weisheiten«, die Psychoanalytiker mit ihren hirnrissigen, unbegründeten Theorien und weithergeholten Schlußfolgerungen verbreitet haben. Das Fazit ihrer Lehren war stets, daß jemand anders schuld sei. Der Vater sei zu streng gewesen, oder die Mutter zu tyrannisch. Sie griffen einen Traum auf und suchten darin nach sämtlichen Antworten auf die Probleme des Patienten. Jede Seite, die sie schrieben, strotzte nicht nur von Widersprüchen, sondern auch von Borniertheit. Aus den heiligen Büchern hingegen sprach Verständnis für die Menschheit. Jedes Wort stimmte. Bei dem Gedanken daran, daß die Freudianer für klug und fortschrittlich gelten und diese Bücher für überholt, mußte ich lachen. Wie pervertiert der moderne Mensch ist! Ständig ist er nur darauf aus, der Natur Gewalt anzutun, und wenn sie sich dagegen sträubt, rennt er zum Psychiater.

»Und was jetzt?« fragte ich mich. »Wohin soll ich jetzt gehen?«

Der Böse hatte schon eine ganze Weile geschwiegen, doch nun vernahm ich wieder seine Stimme.

»Geh nach Hause!« befahl sie mir. »Es ist *deine* Wohnung, *dein* Mobiliar. Wenn du Celia loswerden willst, dann nimm dir einen Anwalt. Kein Richter kann einen Mann dazu zwingen, bei einer Frau zu bleiben, die er verabscheut. Schlimmstenfalls mußt du ihr ein paar Jahre lang Unterhalt zahlen. Ruf deine Geschäftspartner an! Du hast absolut keinen Grund dazu, ihnen die Firma zu überlassen und ein heimatloser Wanderer zu werden. Ein frommer Jude kannst du auch hier sein, wo dein Zuhause ist. Du brauchst Amerika nicht zu verlassen. Hier herrscht kein Mangel an Synagogen, heiligen Büchern und Rabbinern. Der Rabbi, in dessen Haus du gebetet hast, wird bald sterben, und solche wie ihn gibt es nicht mehr. Was Mosche Chaim Luzzato und der Wilnaer Gaon geschrieben haben, mag gut und weise sein, aber sobald ein Hitler oder ein Stalin auftaucht, werden die Juden zu Staub zermalmt und niemand setzt sich für sie ein. Hättest du nicht genug Geld in der Tasche, dann müßtest du jetzt draußen in der Kälte stehen und betteln.«

Der böse Geist oder die Bestie in mir argumentierte weiter: »Nein, es gibt keine treuen Ehefrauen mehr, und treue Ehemänner auch nicht. Du mußt dich mit der Idee der sexuellen Freizügigkeit abfinden. So etwas wie sexuelles Privateigentum gibt es nicht mehr. In gewisser Hinsicht ist es auch besser so. Eheliche Treue führt dazu, daß Mann und Frau einander satt bekommen. Das ist ungefähr so, wie wenn man unentwegt das gleiche ißt. Es wird eine Zeit kommen, da wird jeder Mann Dutzende von Frauen haben und jede Frau Dutzende von Männern. Beiderseits wird man eine Menge Erfahrungen sammeln, so daß dann jedes Zusammensein mit dem Ehepartner interessanter, reizvoller und ungewöhnlicher wird. Eifersucht ist kein Instinkt, sondern eine Eigenschaft, die man erwirbt. Man kann sich davon befreien, und dann eröffnen sich einem unzählige neue Perspektiven, Erfahrungen und Möglichkeiten der Befriedigung.«

Der Teufel fuhr fort: »Ich wette, Celia ist jetzt auf der Suche nach dir, telefoniert überall herum und vermißt dich sehr. Daß sie mit diesem alten Professor geschlafen hat, war bloß eine Kaprice – oder vielleicht wollte sie dir heimzahlen, daß du Affären mit anderen Frauen hast. Vielleicht hat sie es auch bloß aus Langeweile getan. Heute nacht wird sie für dich um so reizvoller sein. Sie wird dich anders als sonst umarmen und dich neue Spielarten der Liebe lehren ... Und was Liza betrifft – auch das brauchst du nicht so ernst zu nehmen. Sie ist allein und freut sich auf deinen Besuch. Sie ist eine leidenschaftliche Frau. Der Mensch braucht verschiedenartige Speisen, neue Kleider, neue Spiele, neue Bücher – warum also sollte er nicht auch in den wichtigsten Lebensbereichen, der Liebe und dem Sex, neue Erfahrungen machen wollen? Du, Joseph Shapiro, wirst die Welt nicht ändern. Daß überall die gleichen Zustände herrschen, ist nur ein Zeichen dafür, daß dies der Lauf der Menschheitsgeschichte oder auch der Plan Gottes ist.«

So argumentierte der Teufel in mir, und seine Worte klangen so einleuchtend, daß ich nahe daran war, ein Taxi zu nehmen und nach Hause zu fahren. Ich sehnte mich nach meiner Wohnung, meinem Bett, meinem Telefon, meiner Bequemlichkeit. Ich wollte die Morgenpost durchsehen. Wahrscheinlich waren Schecks für mich gekommen. Vielleicht auch ein Telegramm.

Tatsache war, daß ich keine Bleibe hatte und nicht

wußte, wie es mit mir weitergehen sollte. Ich hatte zu wenig geschlafen und war übermüdet. Ich sehnte mich nach meinem Bett. »Geh nach Hause! Geh nach Hause!« befahl mir der böse Geist. »Leg dich nieder, schlaf und ruh dich aus! Werde kein lebender Leichnam! So etwas im Theater zu sehen oder in Büchern zu lesen, ist ja ganz interessant, aber wenn man es tatsächlich tut, dann wird man ein Stromer, ein Bettler, ein von allen Vergessener. Es gibt absolut keinen Grund, warum du für Unrecht, das andere begangen haben, büßen solltest.«

Ich war jetzt soweit, daß ich nach einem Taxi Ausschau hielt. Als eines vorbeifuhr, winkte ich. Es hielt, ich stieg ein. »Wohin?« fragte der Fahrer.

Ich wollte ihm meine Adresse sagen, aber statt dessen sagte ich: »Kennedy Airport.«

Dann lehnte ich den Kopf an die Seitenwand und schloß die Augen. In diesem Moment wurde mir klar, daß ich, wenn ich in New York bliebe, genau das täte, was der böse Geist wollte. Wenn ich mich wirklich von Satan und seinen Heerscharen lossagen wollte, mußte ich meine bisherige Umgebung verlassen.

Ich hatte dem bösen Geist einen Schlag versetzt und genoß das Gefühl des Triumphs. Nein, ich wollte weder Celias und Lizas Bitten um Verzeihung noch ihre Umarmungen. Der Jude in mir war wachgerüttelt worden. Und aus mir riefen Generationen von Juden: »Flieh vor dieser Schändlichkeit! Lauf vor dem Zeitgeist Hitlers und Stalins davon! Entflieh einer Zivilisation, die ein Schlachthaus und ein Bordell ist! Nimm Reißaus vor Frauen, die wie

Huren leben und trotzdem verlangen, geliebt und respektiert zu werden. Meide alles Schändliche und Frevelhafte!«

Und während das Taxi durch die Straßen New Yorks fuhr, hörte ich Generationen von Juden mit mir schelten: »Wohin ist es mit dir gekommen? In was für einen Morast bist du gesunken? Genauso haben die Nazis gelebt. Genau das haben sie gepredigt. Es waren *ihre* Frauen und Freundinnen, die sich für eine Tafel Schokolade, für ein Päckchen Zigaretten oder für einen Dollar an die amerikanischen Soldaten verkauft haben.«

Als wir uns dem Kennedy-Flughafen näherten, fragte der Fahrer, bei welcher Fluggesellschaft ich gebucht hätte. Ich nannte die erste, die mir einfiel. Dann bezahlte ich, nahm meine Reisetaschen und die beiden Bücher und ging ins Flughafengebäude. Dort wandte ich mich an einen Angestellten, der gerade nichts zu tun hatte. Auf seine Frage, wohin ich denn fliegen wolle, sagte ich: »Nach Israel.«

»Haben Sie schon ein Ticket?«

»Nein, ich möchte eines kaufen.«

»Kann ich Ihren Reisepaß sehen?«

Als er den Paß kontrolliert hatte, fragte er: »Wo ist Ihr Gepäck?«

»Ich trage es bei mir.«

In diesem Moment hatte ich das Gefühl, daß ich etwas aus einem Buch vorlas. Aus meinem Leben war plötzlich eine Geschichte geworden.

Er stellte mir einen Flugschein aus, und ich bezahlte mit Reiseschecks. Da zu dieser Tageszeit keine Maschine direkt nach Israel flog, bekam ich einen Flugschein nach Rom, wo ich Anschluß nach Tel Aviv hatte. So einfach war das.

Generationen von Juden waren vor der Inquisition, den Henkern, Galgen und Scheiterhaufen geflüchtet. Sie waren zu anderen Feinden geflohen, zu anderen Galgen und anderen Inquisitoren. Ich hatte gottlob miterleben dürfen, daß die Juden eine eigene Heimstatt fanden. Niemand war hinter mir her, und ich hatte genug Geld, um jahrelang davon leben zu können, falls ich es nicht sinnlos verschwendete. Ich wußte, daß himmlische Mächte mir beistanden. Tausende hatten vielleicht den gleichen Traum wie ich gehegt, doch sie mußten sich mit dem Träumen begnügen.

Ich wollte möglichst schnell an Bord gehen. Ich hatte das Bedürfnis, mich körperlich von dem, was ich verabscheute, zu trennen.

Eine halbe Stunde saß ich in der Nähe des Flugsteiges und wartete auf meine Maschine. Eine Zeitlang dachte ich nicht mehr über mich und mein Schicksal nach, sondern betrachtete die anderen Passagiere. Weshalb unternahmen sie diese Reise? Was wollten sie in Rom? Einige waren Italiener, einige waren blonde, nordische Typen. Ein paar Passagiere sahen wie Juden aus. Jeder hatte einen Grund für diese Reise, aber sicher hatte keiner die gleichen Erfahrungen wie ich gemacht. Ich war bestimmt ein Einzelfall. Nach Israel waren schon viele Juden gegangen, aber das waren andere Juden und andere Umstände gewesen. Ich war erstaunt über das, was mit mir geschah, und wunderte mich, woher ich die Kraft nahm, das alles zu tun. Gewiß, ich hatte in der Nazizeit so manches Wagnis überstehen und vielen Gefahren trotzen müssen, doch damals hatten mich die Not, der Hunger und die Angst dazu getrieben. Was ich jetzt tat, tat ich aus freiem Willen. Der Jude in mir hatte plötzlich den Mut gefunden, vor dieser ganzen Abgötterei auszuspucken.

Dann wurden wir aufgefordert, an Bord zu gehen. Mir war ein Sitz am Mittelgang zugeteilt worden. Auf den Fensterplatz neben mir setzte sich eine junge Frau. Aha! Der Teufel hatte also eine Versuchung für mich parat. Es ist typisch für Satan, daß er nie müde wird und sich nie geschlagen gibt. In einem heiligen Buch steht geschrieben, daß Satan sogar an das Bett eines Sterbenden kommt und versucht, ihn zum Atheismus und zur Gotteslästerung zu verleiten. Diese Aussage beweist eine weitaus größere Menschenkenntnis als all die hochtrabenden Bücher der Schüler Freuds, Jungs und Adlers.

7

Anfangs war ich mir nicht klar darüber, ob die junge Frau eine Jüdin oder eine Nichtjüdin war. Ich hatte mir vorgenommen, mich nicht mit ihr zu unterhalten. Ich begann, in einem der beiden kostbaren Bücher, die ich mitgenommen hatte, zu lesen. Zwischendurch sah ich verstohlen zu meiner Nachbarin hinüber. Sie hatte einen bräunlichen Teint, schwarze Haare und dunkle Augen. Sie hätte eine Jüdin sein können – oder eine Italienerin. Vielleicht auch eine Französin. Ein . . . wie nennt man das? . . . ein »mediterraner« Typ. Sie trug ein kurzärmeliges Kleid mit ziemlich tiefem Ausschnitt. Ihre Handtasche aus Krokodilleder hatte sie auf ihren Schoß gelegt. Ich sah, daß sie einen großen Brillantring trug und eine Modezeitschrift sowie ein Buch aus einem Universitätsverlag mitgebracht hatte. Es bedurfte keiner besonderen Beobachtungsgabe, um festzustellen, daß sie ein – wie man zu sagen pflegt – intelligenter Mensch sein mußte. Sie vertiefte sich sofort in ihr Buch. Ich sah, daß sie irgend etwas von Sartre las, dem sogenannten französischen Philosophen, dem Schriftsteller und Wortführer des Existentialismus, den niemand versteht, weil er so vage und voller Widersprüche ist. »Aha«, sagte ich mir, »sie sucht also nach der Antwort auf die ewigen Fragen. Oder sie braucht das Material für ihre Dissertation.«

Ich blätterte im *Pfad der Aufrechten*, aber während ich die fromme Weisheit dieses heiligen Buches genoß, war ein Teil meines Gehirns damit beschäftigt, Mutmaßungen über die Frau neben mir anzustellen. Wenn ein Sterbender sich Gedanken über Abgötterei machen kann, warum sollte dann ein frischgebackener Büßer sich nicht Gedanken über ein weibliches Wesen machen? Der Teufel in mir sagte: »Wenn Mosche Chaim Luzzato höchstpersönlich hier säße, käme er vielleicht auch auf lüsterne Gedanken. Als er starb, war er noch ein junger Mann, und wer hatte ihn drangsaliert? Die frommen Juden, die Kosaken Gottes.«

Sie roch nach Eau de Cologne, Schokolade und anderen

Düften, die auf Männer verführerisch wirken. Ich las gerade etwas über Enthaltsamkeit und über heilige Dinge, doch ein Winkel meines Gehirns malte sich aus, wie es wäre, wenn ich Bekanntschaft mit ihr schließen und in Rom mit ihr in ein Hotel gehen würde. Mir fiel der Ausdruck »ein Gefäß der Schmach und Schande« ein. Ja, genau das war der Leib – ein Gefäß der Schmach. Ich kann mich noch daran erinnern, daß mein Vater einmal den Ausspruch eines Rabbis zitiert hat. Dieser Rabbi – ich weiß nicht mehr, wie er hieß – hatte gesagt: »Der böse Geist ist so unverfroren, daß er sogar einen ehrwürdigen Rebbe in weißem Gewand dazu drängen würde, sich mit einer verheirateten Frau einzulassen.«

Ich schwor mir, diese junge Frau nicht anzusprechen, ja nicht einmal anzusehen. Die Maschine war startbereit, und es bestand die entsetzliche Möglichkeit, daß wir beide schon in zehn Minuten in der anderen Welt sein würden. Flugzeugkatastrophen passierten häufig, und die Passagiere waren dann im Nu zermalmt oder verbrannt. So sehr der moderne Mensch auf materielle Genüsse erpicht ist, so häufig riskiert er auch sein Leben – eben um dieser Genüsse willen. Für die bloße Aussicht auf Genuß setzt er buchstäblich sein Leben aufs Spiel. Aber an so etwas dachten die Passagiere nicht. Sie plauderten, schickten sich an, Getränke zu bestellen, lehnten den Kopf an kleine Kissen. Manche sahen die Nachmittagszeitung durch und lasen die Aktiennotierungen. Die Stewardessen, deren Kleidung darauf abzielte, die männlichen Passagiere aufzureizen, lächelten spöttisch. Sie enthüllten alles, was enthüllt werden konnte, und verhießen Freuden, die in Wirklichkeit gar keine sind.

Plötzlich warf meine Nachbarin einen Blick auf mein Buch und fragte: »Ist das Hebräisch?«

»Ja, Hebräisch.«

»Das ist kein modernes Buch.«

»Nein, es ist ein religiöses Werk.«

»Sind Sie Rabbiner?«

»Nein, ich bin kein Rabbiner.«

»Ich bin ebenfalls jüdisch, aber ich kann kein Hebräisch. Meine Eltern haben mich in die Sonntagsschule geschickt, aber inzwischen habe ich alles vergessen. Sogar das hebräische Alphabet. Darf ich mir das Buch einmal ansehen?«

Sie nahm den *Pfad der Aufrechten,* und ich sah, daß ihre Fingernägel blutrot lackiert und so spitz wie Raubvogelkrallen waren. Ich hatte das Gefühl, daß der *Pfad der Aufrechten* es mir übelnahm, daß ich ihn ihr in die Hand gegeben hatte.

Sie betrachtete die Buchstaben eine ganze Weile, dann sagte sie: »Das hier ist ein Alef.«

»Ja, das stimmt.«

»Und was ist das hier?«

»Ein Mem.«

»Ach ja, ein Mem. Ich reise nach Israel und muß Hebräisch lernen. Es soll eine der schwierigsten Sprachen sein.«

»Es ist keine einfache Sprache, aber man kann sie lernen.«

»Europäische Sprachen zu lernen, fällt mir leicht. Ich

war vier Wochen in Spanien und habe im Nu etwas Spanisch aufgeschnappt. Hebräisch dagegen ist für mich etwas völlig Fremdes.«

»Auch mit etwas, das einem noch so fremd ist, kann man vertraut werden.« Mir war sofort klar, daß meine Bemerkung etwas Anzügliches hatte – sie konnte auch bedeuten: »Jetzt bin ich für Sie ein Fremder, aber morgen schlafe ich vielleicht mit Ihnen.«

Sie musterte mich, als ob sie gemerkt hätte, woran ich dachte. Sie öffnete die geschminkten Lippen. »Ja, ich verstehe.«

Dann plauderten wir miteinander. Ich dachte nicht mehr an den *Pfad der Aufrechten* und die *Stimme des Elija.* Eben erst vor der Weltlichkeit geflohen, war ich plötzlich wieder ein weltlicher Mensch. Das Flugzeug rollte die Startbahn entlang. Durchs Fenster sah ich die vorübergleitenden Lichter. In wenigen Sekunden würde sich herausstellen, ob wir am Leben geblieben oder zerschmettert worden waren. Wir befanden uns in der Gewalt einer Maschine und ihrer Bolzen, Schraubenmuttern und Triebwerke. Aber gottlob hob das Flugzeug sicher vom Boden ab. Durch den Nebel konnte ich bereits die Dächer sehen. Doch niemand in dieser Maschine dankte dem Allmächtigen. Die Passagiere plauderten einfach weiter.

Meine Nachbarin erzählte mir, daß ihr Verlobter von der Jerusalemer Universität einen Jahresvertrag für das Lehrfach Elektronik erhalten habe. Er sei, so erklärte sie, wirklich ein Genie. Schon bevor er seinen Doktor gemacht habe, sei er Professor gewesen. Eine bekannte Firma habe ihm eine hochdotierte Stellung angeboten, und Washington habe sich ebenfalls um ihn bemüht. Sie erwähnte Namen, die ich sofort wieder vergaß, aber jedenfalls lief das Ganze darauf hinaus, daß Bill mit seinen einunddreißig Jahren bereits einer der bedeutendsten amerikanischen Physiker und ein würdiger Kandidat für den Nobelpreis sei. Er hatte schon mehrere bedeutende Entdeckungen gemacht. Harvard oder Princeton (ich weiß nicht mehr, welche der beiden Universitäten es war) hatte ihm eine Professur angeboten, aber er hatte sich von einem israelischen Diplomaten überreden lassen, den Lehrauftrag in Israel für ein Drittel des Gehaltes anzunehmen, das er in den Vereinigten Staaten bekommen hätte. Da er die Landessprache wenigstens einigermaßen beherrschen müsse, habe er einen Intensivkurs für modernes Hebräisch belegt. Er sei kein Zionist – beileibe nicht. Aber irgendwie habe ihn der Gedanke gereizt, in Israel zu lehren und zu forschen. Dort seien jüngere, ernsthaftere Kräfte am Werk, dort gebe es Idealismus. Er selber komme aus einer reichen Familie. Sein Vater sei ein berühmter Arzt, einer der prominentesten in Amerika. Er habe eine große Yacht, eine Luxuswohnung in der Fifth Avenue, ein Domizil in Old Greenwich und eines in Palm Beach. Ja, ihr Verlobter sei Jude, aber bis vor kurzem sei er das nur dem Namen nach gewesen. Das Judentum habe ihn früher nicht im geringsten interessiert. Nicht einmal zur Sonntagsschule sei er gegangen. Aber irgendwie habe die Idee einer jüdischen Heimstatt seine Phantasie angeregt. Jener israelische Diplomat sei übrigens ein sehr interessanter Mensch – ein junger Mann, der ebenfalls Wissenschaftler sei und bestimmt eine glänzende Karriere machen werde.

Sie legte ihr Buch beiseite. Mir war klar, daß sie die ganze Nacht reden würde, oder richtiger gesagt den Rest der Nacht, denn wenn man nach Europa fliegt, geht einem ein großer Teil der Nacht verloren. Ich wußte schon seit langem, daß Frauen leidenschaftlich gerne reden und daß dieses Bedürfnis bei ihnen oft stärker ist als das nach Sex. Die Stewardeß kam, und meine Nachbarin bestellte einen Whisky. Ich zögerte einen Moment, dann bestellte ich auch einen. Alkohol zu trinken, ist ja nicht verboten. Die größten Rabbis haben sich dann und wann ein Glas genehmigt. Außerdem wäre es unhöflich gewesen, ihr beim Trinken nicht Gesellschaft zu leisten. Ich wollte ihr beweisen, daß ich ein Mann von Welt war.

Ich trank meinen Whisky mit Soda, sie trank ihren pur, wobei sie nicht einmal das Gesicht verzog. Dann redete sie weiter. Ihr Vater, so erzählte sie mir, sei Rechtsanwalt. Er sei von ihrer Mutter geschieden. Auch er sei kein armer Mann, wenn auch längst nicht so reich wie Bills Vater. Aber ihr Stiefvater, der zweite Mann ihrer Mutter, sei Millionär. Wie sie heiße? Priscilla. Was sie tue? Sie interessiere sich für Psychologie, Literatur und Soziologie. Wie sie Bill kennengelernt habe? Durch jenen Diplomaten. Der sei mit einem ihrer Freunde befreundet. Sie und Bill hätten sich auf einer Cocktailparty kennengelernt.

Sie drückte sich so gewandt und gepflegt aus, wie es Leute tun, die eine sorglose Jugend hatten, in einer komfortablen, kultivierten Atmosphäre aufgewachsen und an Flirts und Zufallsbekanntschaften gewöhnt sind. Sie war nicht reich, aber sie würde eines Tages das Vermögen ihres Stiefvaters erben. Da er keine eigenen Kinder hatte, würde er alles seiner zweiten Frau hinterlassen, die es wiederum ihrer einzigen Tochter vererben würde. Eigentlich war sie dagegen, daß ihre Tochter nach Jerusalem reiste, zumal Bill nicht sofort heiraten wollte. Aber auch sie selber, erklärte Priscilla, wolle sich, offen gestanden, noch etwas Zeit damit lassen. Nur nichts überstürzen! Sie sei nicht erpicht darauf, Kinder in die Welt zu setzen, schon gar nicht angesichts dieser Bevölkerungsexplosion.

Sie lächelte, und ich sah, daß ihre Zähne gelblich verfärbt waren. Nachdem sie noch einen Whisky bestellt hatte, begann sie mich auszufragen. Wer ich sei? Welchen Beruf ich hätte? Weshalb ich nach Israel reiste?

»Ich möchte halt einmal das Land meiner Vorväter sehen.«

»Ein triftiger Grund.«

Ich erzählte ihr, daß ich den Hitlerkrieg überstanden hatte, den Hunger und das Herumirren in Rußland. Sie ließ mich ausreden, dann sagte sie: »O Gott, was ein Mensch alles überstehen kann!«

Auf ihre Frage, ob ich verheiratet sei, erwiderte ich: »Ich war's.«

Und dann steckte ich die beiden Bücher in meine Reisetasche. Es war, als wollte ich sie nicht miterleben lassen, was ich womöglich noch sagen würde und was noch geschehen könnte.

8

Nach dem Abendessen, das man uns ungefähr drei Stunden vor dem Frühstück servierte, wurde es im Flugzeug ziemlich dunkel. Die Passagiere lehnten sich zurück und hüllten sich in Decken, um während der kurzen Nachtstunden zu schlafen oder wenigstens zu dösen. Auch meine Nachbarin hatte sich zurückgelehnt. Ob sie schlief oder bloß über etwas nachdachte, war schwer zu sagen. Jedenfalls war sie ruhig. Aber schon nach zehn Minuten fing sie wieder zu reden an, diesmal in gedämpftem, vertraulichem Ton. »Nach Israel zu gehen, wäre mir nie eingefallen. Ich fände es weniger erstaunlich, wenn ich zum Beispiel nach Afghanistan reisen würde. Ich habe mich nie wirklich mit den Juden identifiziert. Weder meine Mutter noch mein Vater haben sich jemals für ihr jüdisches Erbe interessiert. Sie haben mich zwar eine Zeitlang in die Sonntagsschule geschickt, aber bloß weil es Mode war, zur Religion irgendeine Beziehung zu haben, auch wenn sie noch so oberflächlich war. Tatsächlich habe ich mich seit meiner Kindheit geschämt, jüdischer Herkunft zu sein. Und jetzt gehe ich plötzlich nach Israel und soll dort Hebräisch lernen. Und das Komischste an der ganzen Sache: Bill ist durch und durch Atheist.«

»Der Staat Israel«, warf ich ein, »ist nicht religiöser als Amerika oder Frankreich.«

»Ja, aber . . . es ist eben doch ein jüdischer Staat. Und die hebräische Sprache! Ich weiß schon jetzt, daß ich sie nie erlernen werde.«

»Es gibt sogar Araber, die Hebräisch können.«

»Die Araber sind ja auch halbe Juden.«

Nach einer Weile kam Priscilla wieder auf private Dinge zu sprechen. Sie ließ sich darüber aus, daß die Institution der Ehe überholt sei. Wie man sich denn vertraglich verpflichten könne, jemanden ein Leben lang zu lieben? Und was der Segen eines Rabbiners oder Priesters denn wert sei? Die Welt entwickle sich weiter, das Leben der Menschen werde von wissenschaftlichen Erkenntnissen bestimmt, nicht von jahrtausendealten Traditionen. Gott habe sich noch keinem offenbart, und niemand könne wissen, was Gottes Wille sei und ob es überhaupt einen Gott gebe.

»Angenommen, Sie haben recht«, sagte ich, »wie steht es dann aber mit den Kindern? Sie brauchen einen Vater und eine Mutter. Und der Vater muß sicher sein, daß es sein eigenes Kind und nicht das seines Nachbarn ist.«

»Ach wissen Sie, wenn ein Ehepaar sich entschließt, Kinder zu haben, wird die Frau – wenn sie nicht gerade ein Scheusal oder verrückt ist – ihrem Mann wohl kaum das Kind eines anderen bescheren. Das bedeutet aber nicht, daß man jemandem ein Leben lang treu sein muß.«

Sie schwieg eine Weile, dann sagte sie: »Nehmen wir zum Beispiel Bill und mich. Wir sind gute Freunde und haben vor, irgendwann zu heiraten und ein Kind zu bekommen, vielleicht auch zwei. Aber bis dahin sind wir frei und ungebunden. Er geht mit anderen Frauen aus, und ich mit anderen Männern.«

»Und welche Garantie haben Sie, daß er nicht mit diesen Frauen schläft?«

»Gar keine.«

»Und welche Garantie hat er, daß Sie nicht mit anderen Männern schlafen?«

»Er hat keine und braucht auch keine. Er betrachtet mich nicht als sein Eigentum. Wir können beide tun und lassen, was wir wollen – deshalb wird unsere Ehe eine freie, nicht durch künstliche Bande zusammengehaltene Ehe sein.«

Ich wußte sehr wohl, daß der böse Geist aus ihr sprach. Sie selber hatte doch keinen Grund, so vertraulich mit mir zu reden. Sie sehen ja – ich bin kein hübscher Mann und habe nichts von einem Frauenhelden an mir. Für Sie hat der Ausdruck »böser Geist« vermutlich nur symbolische Bedeutung, für mich dagegen sind der böse Geist und der gute Geist etwas Wirkliches, geradezu die Quintessenz der Realität. Es ist unwichtig, ob ich sie für Geister oder andere Wesen halte. Wichtig ist, daß sie existieren und das Leben des Menschen tatsächlich von der Wiege bis zum Grab beeinflussen – insbesondere der böse Geist, der so stark wie Eisen ist. Fleisch, Blut, Nerven und Empfindungen – alles ist auf seiten des bösen Geistes. In dieser Welt, in der man ein Jahr braucht, um ein Haus zu bauen, und eine Minute, um es zu zerstören, ist *er* der Herr und Meister. Ihm stehen alle Mittel zur Verfügung, jede erdenkliche Zerstörungskraft. Wenn er, um seine verlockenden Angebote zu machen, eine Priscilla braucht, dann kann er im Nu eine beschaffen.

Ja, das alles wußte ich, aber gleichwohl bestürmte mich der Böse: »Das ist eine gute Gelegenheit! Sei kein Dummkopf! Ergreif sie – dieses Weibsbild wartet nur darauf. Solche Gelegenheiten bieten sich nicht oft.«

Ich war verblüfft über die dramatische Wendung, die mein Leben genommen hatte, und über meine Charakterlosigkeit. Um der Lüge zu entfliehen, hatte ich alles aufgegeben, nun aber saß die Lüge neben mir und verhieß mir wer weiß was für Freuden. Schon mehrmals hatte ich Priscillas Knie verstohlen betrachtet und mir vorgestellt, zwischen diesen Knien zu liegen und alle möglichen Sinnenfreuden zu genießen. Aber wie sollte ich das bewerkstelligen? Auch die Sünde braucht Zeit. Bis wir zum Thema gekommen waren, würde es bereits Tag sein, und man würde uns das Frühstück servieren. Und in Rom würden wir für den Anschlußflug wohl kaum Sitze nebeneinander zugewiesen bekommen. Priscilla hatte bestimmt nicht vor, das Techtelmechtel mit mir in Israel fortzusetzen, wo ihr Verlobter, der Professor, auf sie wartete. Ich hatte plötzlich das Gefühl, Zuschauer bei einem Theaterstück oder Film zu sein, in dem ich selber eine Rolle spielte. Schweigend saß ich da und ließ den Dingen ihren Lauf. Mich überkam jener Fatalismus, der nicht Glauben, sondern das Gegenteil ist. Einerseits ergab ich mich in mein Schicksal, andererseits war ich neugierig darauf, wie der Regisseur dieses Schauspiels alle Faktoren unter einen Hut bringen würde – falls das seine Absicht war.

Auch Priscilla schwieg eine ganze Weile. Dann fragte sie: »Warum lassen Sie sich keine Decke bringen? Es wird allmählich kalt.«

In diesem Moment kam ein Steward und fragte, ob ich

eine Decke haben wollte. Ich bejahte, und kurz darauf war ich zugedeckt. Ich weiß nicht mehr, wo ich gelesen habe – vielleicht in einer Ihrer Erzählungen –, daß der Mensch mit seinem Schicksal Schach spielt. Er macht einen Zug, das Schicksal macht den nächsten, und das geht so weiter, bis der Mensch mattgesetzt ist und die Schachfiguren verstreut sind. Steht das nicht in einer Ihrer Erzählungen?

Na also! Ich saß da und fragte mich: »Was nun? Welcher Schachzug kommt jetzt?« Ich bin nicht draufgängerisch veranlagt. Ein anderer hätte an meiner Stelle sicher keinen Moment gezögert. Er hätte Priscilla angefaßt, und alles weitere hätte sich dann von selbst ergeben. Aber das ist halt nicht meine Natur – Gott sei Dank! Mich hielt immer noch dieses jüdische Schamgefühl zurück, das tatsächlich eine moralische Kraft ist. Ich kann einfach nicht unverfroren sein. Das hat mich schon oft vor Fallgruben bewahrt. Damals allerdings war ich der Meinung, wegen meiner Schüchternheit so manche seltene Gelegenheit versäumt zu haben.

Ich will's kurz machen. Plötzlich spürte ich ihre Hand unter meiner Decke. Unsere Finger berührten sich, und das alte Spiel begann. Drücken, Streicheln, Knutschen. Da *sie* damit angefangen hatte, wurde ich kühner. Ich legte meine Hand auf ihre Knie – diese Knie, die mir alle sinnlichen Genüsse verheißen hatten. Überflüssig zu sagen, daß ich nicht auf Widerstand stieß. Gleichzeitig war mir klar, daß sie auch jedem anderen, der in dieser Nacht ihr Platznachbar gewesen wäre, den Gefallen getan hätte.

Diese Frau handelte offenbar nach der Devise: »Keine Gelegenheit auslassen!«, oder wie es im jiddischen Volksmund heißt: »Notfalls tut's auch ein Kosak.« Ich verstieß nicht nur aufs schändlichste gegen meine – vermeintliche – Bußfertigkeit, meinen neuen Lebenswandel und meine heiligsten Vorsätze, sondern begab mich auch meines männlichen Stolzes. Ich betatschte ein lasterhaftes Frauenzimmer, das bereit war, sich einem jeden hinzugeben. Während ich an ihrem Kleid und ihren Strümpfen herumfummelte, dachte ich teils spöttisch, teils mitleidig an Bill, den Professor, der in Jerusalem auf das Weibsstück wartete, das er sich eingehandelt hatte und mit dem er eine Familie gründen wollte. Im *Pentateuch* wurde den Juden versprochen, daß Gott sie – wo immer sie auch verstreut sein würden – wieder versammeln und in das Land, das Gott ihren Vätern verheißen hatte, zurückführen werde. Ja, Gott hatte Wort gehalten, aber *wen* hatte Er zusammengeführt? Er hatte die Sünde ins Exil geschickt, und nun sammelte Er Unrat ein.

Das waren so ungefähr die Gedanken, die mir durch den Kopf gingen, aber was ich währenddessen tat, das stand auf einem ganz anderen Blatt. Es ist schwierig, in einem Flugzeug körperlich zu sündigen. Ständig kamen Passagiere vorbei, die zu den Toiletten gingen oder von dort kamen. Die Stewardessen schliefen nicht, die Beleuchtung war nicht ausgeschaltet, sondern bloß abgedämpft. Diese Frau hatte zwar meine Begierde erregt, aber ich empfand auch Widerwillen. Es ist sonderbar, daß moderne Frauen zwar bereit sind, allen möglichen Lastern zu frönen, aber trotzdem so straffe Hüftgürtel tragen, daß es allerhand Mühe kostet, an sie heranzukommen. Der Wunsch, schlank zu wirken, ist bei ihnen noch stärker als der Drang, zu sündigen. Wir fummelten also eine Zeitlang herum, aber gleichzeitig schauderte uns davor, daß jemand uns dabei ertappen und einen Skandal machen würde. Anscheinend war der böse Geist oder Satan darauf erpicht, jemandem droben im Himmel zu beweisen, daß meine Schwüre und guten Vorsätze nichts wert waren, aber für seinen Plan war es unwichtig, ob ich zur Befriedigung gelangte oder nicht. So ist es mit allen Leidenschaften. Wirklich zu tun, wonach es einen gelüstet, ist nichts im Vergleich zu dem, was man sich davon erwartet hat. Beim Ehebruch ist es so, bei Diebstahl und Mord und auch wenn man von Ehrgeiz oder Rachsucht getrieben wird. Irgendwie wird man immer enttäuscht. Das brauche ich *Ihnen* ja nicht zu sagen.

Es ist schon ziemlich spät, und heute kann ich Ihnen meine Geschichte wohl nicht zu Ende erzählen. Aber ich möchte noch etwas hinzufügen.

Als wir einsahen, daß wir nicht zum Ziel gelangen würden, saßen wir wie zwei begossene Pudel da und genierten uns voreinander. Mir war jedenfalls so zumute. Im Flugzeug ging es allmählich etwas lebhafter zu. Draußen brach der Tag an. Über dem Meer ging die Sonne auf, rot und blank. Wie klein und nichtig ich im Vergleich mit dem riesigen Sonnenball war! Er spendete anderen Planeten Licht und Glanz, ließ Getreide wachsen, gab zahllosen Geschöpfen Lebenskraft – und bewahrte bei alledem seine

Reinheit und eine göttliche Ruhe. Ich dagegen hatte versucht, mir ein billiges, zweifelhaftes Vergnügen zu verschaffen, und war gescheitert. Meine Reise war jetzt so sinnlos geworden wie alles andere um mich herum.

Ich spielte bereits mit dem Gedanken, in Rom sofort einen Rückflug nach New York zu buchen. Wenn ich kein Jude sein konnte, mußte ich eben ein Heide sein. Wenn ich nicht in Reinheit leben konnte, mußte ich noch tiefer in den Morast sinken. Plötzlich ging ein Mann an mir vorbei. Er trug einen rabbinischen Hut und hatte einen breiten blonden Bart und Schläfenlocken. Unter seinem offenen Mantel war ein rituelles Gewand mit Schaufäden zu sehen. Meine Nachbarin musterte ihn und verzog das Gesicht. Ihr Blick verriet Verlegenheit und Sarkasmus. In diesem Moment wurde mir klar, daß man ohne Schläfenlocken und rituelles Gewand kein richtiger Jude sein kann. Ein Soldat, der einem Herrscher dient, muß eine Uniform tragen, und das gleiche gilt für einen Soldaten, der dem Allmächtigen dient. Hätte ich in dieser Nacht ein solches Habit getragen, dann wäre ich diesen Versuchungen nicht ausgesetzt gewesen. In der Art und Weise, wie man sich kleidet, drückt sich ein Entschluß aus. Und eine Verpflichtung gegenüber dem Reich Gottes. Der Mensch ist so geartet, daß er sich mehr vor seinen Mitmenschen als vor Gott schämt. Wenn er kein Erkennungszeichen trägt, wenn er nicht der ganzen Welt kundtut, wer und was er ist, dann ist er nicht gegen Vergehen gefeit.

9

In Rom hatten wir drei Stunden Aufenthalt bis zum Abflug der Maschine nach Israel. Meine neue Freundin hatte keine Lust, so lange im Flughafen herumzusitzen. Ich sah, wie ein junger Mann sie ansprach und ihr eine kurze Stadtrundfahrt vorschlug. Er versprach, sie rechtzeitig zurückzubringen. Solche Leute schließen schnell Bekanntschaft miteinander. Ich setzte mich auf eine Bank. Ich hatte nur wenig gegessen, weil man im Flugzeug kein koscheres Essen bekommen konnte und weil ich Vegetarier geworden war. Aber ich war nicht hungrig. Ich betrachtete das Gedränge um mich herum. Ich hörte den Durchsagen zu, die in Italienisch und Englisch gemacht wurden. Ich beobachtete das ständige Kommen und Gehen. Manche Leute flogen nach Paris, manche nach New York, andere nach London oder nach Athen. Die Mienen all dieser Menschen verrieten die gleiche Unrast, die gleiche Geschäftigkeit, die gleichen Zweifel: Warum hetze ich mich so ab? Wozu das alles? Was habe ich dort zu erwarten?

Ein Passagier, dessen Gepäck abhanden gekommen war, beschwerte sich aufgeregt, aber die Angestellten der Fluggesellschaft ließen ihn gar nicht ausreden, sondern schickten ihn von einer Instanz zur anderen. In einem System, das mit der Präzision eines Uhrwerks funktionieren muß, haben Probleme und Pannen nichts zu suchen. Wer eine Beschwerde vorbringt, ist ein Störenfried und Plagegeist.

Die ganze Zeit fragte etwas in mir: »Nachdem du alles besudelt und gegen deine guten Vorsätze verstoßen hast, wohin willst du jetzt noch fliehen? Was willst du denn in Israel?« Aber ich blieb trotzdem sitzen und wartete auf mein Flugzeug. Es gab niemanden und nichts, zu dem ich zurückkehren konnte. Nach einer Weile ging ich in ein Restaurant, wo ich trockenen Toast und Tee bestellte. Ich aß, trank und dachte an Selbstmord. Wenn ich so nicht weiterleben konnte, hätte ich eigentlich sterben müssen. Aber dazu war ich nicht bereit. Ich blieb sitzen, bis es Zeit war, zum Flugsteig zu gehen. Dort entdeckte ich den Mann mit dem rabbinischen Hut und den Schläfenlocken, den ich bereits im Flugzeug nach Rom gesehen hatte. Er wurde von einigen Jeschiwaschülern begleitet, die so ähnlich angezogen waren wie er, aber noch längere Schläfenlocken hatten. Die Leute musterten sie spöttisch, doch diesen jungen Burschen war es offenbar egal, was andere über sie dachten.

Ich spitzte die Ohren. Sie sprachen über einen Rabbi und über ein Thema, mit dem sie sich im Unterricht befaßt hatten. Das Jiddisch, das sie sprachen, war das gleiche, das ich in New York im Hause jenes alten Rabbis gehört hatte.

Was mochte sie dazu bewogen haben, das zu werden, was sie waren? Wie hatten sie sich in so jungen Jahren zu etwas entschließen können, wozu ich mich nach so vielen Enttäuschungen, so vielen Grübeleien und Seelenqualen nicht entschließen konnte? Waren sie keinen Versuchungen ausgesetzt? Waren sie bereits als Heilige geboren? Es drängte mich, mit einem von ihnen zu reden, doch sie widmeten ihre ganze Aufmerksamkeit dem Mann, der, wie ich annahm, der Leiter der Jeschiwa war. Er hielt ein Buch in der Hand und schlug es hin und wieder auf – anscheinend tat es ihm um jede Minute leid, die er nicht der Lektüre widmen konnte. Die Tora und gute Taten bedeuteten für ihn und seine Schüler offenbar nicht bloß eine Verpflichtung oder eine Bürde, sondern etwas Erhebendes, Begeisterndes. Aus ihren Augen sprach so etwas wie Leidenschaft – ein Lechzen nach der Tora, der glühende Wunsch, dem Allmächtigen zu dienen, alle seine Gebote zu befolgen und sich noch strengere Einschränkungen aufzuerlegen, um auf diese Weise dem Teufel jeden Zugang zu ihrer Seele zu verwehren.

Ja, Einschränkungen auf sich zu nehmen, dient dazu, Schranken zu errichten. Wenn jemand einen Schatz besitzt, den er sich nicht rauben lassen will, versteckt er ihn dort, wo Diebe und Räuber nicht an ihn herankommen. Befürchtet er, daß ein einziges Türschloß nicht genügt, bringt er ein zweites an. Hält er es für möglich, daß jemand versuchen könnte, einen unterirdischen Gang zu graben, um an den Schatz heranzukommen, dann stellt er dort einen Wächter auf. Denken Sie doch daran, wie viele Schranken sich diejenigen auferlegen, die mit Literatur, Theater, Musik, Mode, Frauen und anderen weltlichen Liebhabereien zu tun haben. Irgendwo habe ich gelesen, daß Flaubert innerhalb eines Kapitels niemals denselben Ausdruck zweimal benützt hat. Es gibt reiche, elegante Frauen, die nie zweimal dasselbe Kleid tragen. Ja, auch die Weltlichkeit hat ihre Einschränkungen (aber ich sollte mich wohl dafür entschuldigen, daß ich diesen Vergleich gezogen habe). Man verschwendet Abertausende, man opfert sich auf um dieser weltlichen Pedanterien willen. Aber wenn diese Leute einem gläubigen Juden begegnen, stellen sie Fragen wie zum Beispiel: »Wo steht in der Tora geschrieben, daß man sich den Bart nicht stutzen darf?« »Wo steht geschrieben, daß man einen langen Kaftan tragen soll?« Sie vergessen (oder verdrängen den Gedanken daran), daß es ein Zugeständnis an die Weltlichkeit ist, wenn man sich den Bart stutzt und moderne Kleidung trägt – ein Versuch, die Nichtjuden oder die konvertierten Juden nachzuäffen. Die Tora sagt: »Ihr dürft nicht tun, wie man im Lande Ägypten tut . . . und nach ihren Satzungen sollt ihr nicht wandeln.« In der Gemara steht, man dürfe nicht einmal seine Schnürsenkel so knüpfen, wie es die Götzendiener tun. Ohne solche Abschrekkungsmittel ist dem Teufel Tür und Tor geöffnet. Ebenso wie bei den Heiden ständig neue Marotten aufkommen, muß der echte Jude ständig neue Härten und Einschränkungen auf sich nehmen.

Oft habe ich weltliche Juden fragen gehört: »Woher wollen Sie wissen, daß Jakob oder Moses am Sabbat einen seidenen Kaftan trug?«

Darauf antworte ich: »Moses hat die Götzendiener seiner Zeit nicht nachgeäfft und wir dürfen die Götzendiener unserer Zeit nicht nachäffen.« Sollte es jemals soweit kommen, daß die weltlichen Juden einen seidenen Kaftan tragen, dann werden die frommen Juden ein Jackett anziehen.

Es hat lange gedauert, bis ich diese fundamentale Weisheit begriffen hatte, aber angefangen hat es an jenem Morgen auf dem Flughafen von Rom.

Kurz darauf konnten wir an Bord gehen. Diesmal saß ich neben einer alten Frau, die nicht nach Israel, sondern nach Griechenland flog. Als ich später zur Toilette ging, entdeckte ich Priscilla, die sich angeregt mit dem jungen Mann unterhielt, mit dem sie die Besichtigungstour unternommen hatte. Sie war so sehr ins Gespräch vertieft, daß sie mich gar nicht bemerkte. Sie hatte mich bereits vergessen und konzentrierte sich ganz auf den anderen. Wäre es dunkel gewesen, dann hätte sie – unter der Wolldecke – mit ihm das gleiche Spiel zu treiben versucht wie mit mir. Das ist charakteristisch für die weltlich orientierte Frau. Nicht jede geht *so* weit, aber alle haben die gleiche Devise: »Nimm's dir, solange du kannst!«

Ich kann nicht behaupten, daß die Ankunft in Israel die gleiche Wirkung auf mich ausgeübt hat wie auf Rabbi Nachman von Bratzlaw oder andere, weniger bedeutende Persönlichkeiten. Der Flughafen hatte nichts ausgesprochen Jüdisches an sich. Gewiß, die Hinweisschilder hatten hebräische Aufschriften, und die Durchsagen wurden in Hebräisch gemacht, aber das moderne Hebräisch hat viel von der spezifisch jüdischen Würze, der jüdischen Einzigartigkeit, der jüdischen Skepsis gegenüber weltlichen Illusionen eingebüßt. Das moderne Hebräisch ist durch und durch weltlich. Es ist zwar Hebräisch, aber nicht mehr die heilige Sprache. Eine Sprache, die beim Schiff- und Flugzeugbau, bei der Produktion von Gewehren und Bomben benützt wird, kann keine heilige Sprache sein. Das moderne Hebräisch hat die heilige Sprache verschlungen.

Ich stellte mich an dem Schalter an, wo die Reisepässe abgestempelt wurden. Der Schalterbeamte war natürlich ein Jude. Seine Augen verrieten noch ein wenig von unserem Erbe. Aber bloß ein wenig. Der Drang des modernen Juden, dem Nichtjuden zu gleichen, steht in krassem Gegensatz zur wahren Jüdischkeit, die darin besteht, sich so weitgehend wie irgend möglich von den Andersgläubigen zu unterscheiden. Ich habe mit vielen dieser Israelis gesprochen, und fast alle sagten das gleiche: »Die Diaspora hat ihren Zweck verfehlt. Die Diaspora war ein einziger großer Fehlschlag.« Und so weiter, und so weiter. Aber was wäre denn aus den Juden geworden, wenn sie nicht in der Diaspora gelebt hätten? Sie wären in anderen Völkern aufgegangen. Wir wären nicht nur in aller Welt verstreut gewesen, sondern für immer ausgelöscht worden. So manche Nazis stammten zweifellos von Juden ab, die zu Moses Mendelssohns Zeiten oder später konvertiert hatten. Es ist nur ein Schritt von der Assimilation zum Glaubenswechsel, und manchmal bloß eine oder zwei Generationen vom Glaubenswechsel zum Nazismus.

Ich weiß, was Sie jetzt sagen wollen. »Erzählen Sie Ihre Geschichte, predigen Sie nicht!« Nein, ich predige nicht. Ich will Sie nicht bekehren. Aber ich kann Ihnen meine Geschichte nicht erzählen, ohne von meinen Empfindungen zu sprechen.

Der Schalterbeamte stempelte meinen Paß, dann ging

ich hinaus. Ein Taxi fuhr vor, und ich bat den Chauffeur, mich nach Tel Aviv zu fahren. Auf seine Frage, in welchem Hotel ich absteigen wolle, bat ich ihn, mich am nächstgelegenen abzusetzen. Durchs Autofenster betrachtete ich das Land des *Pentateuch* und unserer Vorväter. Hier war es viel wärmer als in New York. Die Luft war mild, am bläulichen Himmel waren nur ein paar Wölkchen zu sehen. Nicht, daß ich vom Land und seinem Klima enttäuscht gewesen wäre, aber das war nicht das Israel des Geistes. Die Menschen hier unterschieden sich kein bißchen von denen, die ich fünfzehn Stunden vorher in New York gesehen hatte. Sie waren wie Nichtjuden angezogen und sahen wie Nichtjuden aus. Die gleiche Ungeduld, der gleiche Ausdruck weltlicher Hast und Habgier stand ihnen ins Gesicht geschrieben. Ein anderes Taxi wollte uns unbedingt überholen, und um ein Haar hätten sich beide Wagen überschlagen. Mein Fahrer beschimpfte den anderen in hebräischer Sprache und drohte ihm mit der Faust. In Tel Aviv fuhren wir an einem Kino vorbei, auf dessen Plakaten knallig aufgemachte Schauspielerinnen und schießwutige Männer zu sehen waren. Hier wurden dieselben Schundfilme gezeigt, die in New York liefen. Als wir an einer Buchhandlung vorbeifuhren, entdeckte ich im Schaufenster dieselben Kitschromane wie in New York. Der Taxifahrer brachte mich zum Hotel Dan. Es hätte ebensogut ein Hotel irgendwo am Broadway sein können.

Ich war und bin keiner von denen, die anderen die Schuld zuschieben. Man kann heutzutage kein Königreich der Priester errichten und kein heiliges Volk werden. Das gelang uns nicht einmal zu Lebzeiten Josuas, des Sohnes von Nun.

Diejenigen, die das Exil als Fehlschlag bezeichnen, sind sich nicht klar darüber, daß, vom Standpunkt Moses aus gesehen, auch das Land Israel ein Fehlschlag war. Dort haben sich die Kinder Israel von Anfang an mit Götzendienern eingelassen. Im Nu tauchten Götzenbilder und Huren auf. Die Heilige Schrift sagt über nahezu jeden König: »Und er tat, was dem Herrn mißfiel.« Die Juden hatten die Tora schon völlig vergessen, als in der Regierungszeit Josias das Gesetzbuch im Tempel wiedergefunden wurde.

Es ist spät geworden, ich muß aufhören. Aber ehe ich mich verabschiede, möchte ich noch etwas sagen: Den höchsten Grad religiöser Vergeistigung konnten die Juden nur in der Diaspora erreichen. Die Heilige Schrift war ein großer Anfang, ein mächtiges Fundament, aber die biblischen Juden waren, von wenigen Ausnahmen abgesehen, noch halbe Nichtjuden. Die *Mischna* bedeutete einen gewaltigen Schritt vorwärts, und die *Gemara* einen noch größeren. Viele Generationen waren nötig, um einen Isaak Luria, einen Baalschem Tow, einen Gaon von Wilna, einen Prediger von Koschenitz, einen Seher von Lublin und später einen Chofetz Chaim und ähnliche Persönlichkeiten hervorzubringen. Wer die Juden allein auf die Heilige Schrift zurückverweisen möchte, der würde das jüdische Bauwerk niederreißen und bloß das Fundament übriglassen. Der Jeschiwa-Leiter und seine Schüler, denen ich auf dem Flughafen von Rom begegnet bin, verkörpern die größte Leistung, die das Judentum vollbracht hat. Sie haben sich stärker als alle anderen in der Geschichte des Judentums von der Weltlichkeit abgegrenzt. Sie sind genau das, was Moses verlangt hat: ein heiliges Volk, beschützt von tausend strengen Vorschriften, ein Volk, »das allein wohnen und nicht unter die Völker gezählt werden soll«.

Joseph Shapiro sah auf seine Uhr. »Oh, es ist spät geworden! Ich muß nach Hause. Wenn Sie noch mehr von meiner Geschichte hören wollen, können wir uns morgen wiedersehen.«

»Ja, sehr gern. Dann also bis morgen.«

Der zweite Tag

10

Ich nahm an, daß diejenigen, die ich in New York verlassen hatte, nach mir suchen und herausfinden würden, daß ich in Israel war. Da ich nicht mit einem falschen Paß reiste, hätte die Polizei mich leicht ausfindig machen können. Aber Celia hatte sich anscheinend mit dem Gedanken abgefunden, daß zwischen uns beiden alles zu Ende war. Ich vermutete, daß sie Unterhaltszahlungen und wer weiß was sonst noch von mir verlangen konnte. So sind eben die Gesetze der Nichtjuden und konvertierten Juden: Sie begünstigen den Schuldigen. Richter, Angeklagter und Verteidiger gehören oft zu demselben Klüngel. Es ist also leicht möglich, daß zwischen ihnen ein privater Meinungsaustausch stattfindet. Sie lesen die gleichen Bücher, sie besuchen dieselben Nachtclubs, sie gehen oft mit Frauen gleichen Schlages aus. Den meisten fehlt der Sinn für Gerechtigkeit oder der Glaube an eine höhere Macht. Bisher hatte mich aber noch niemand behelligt, und so konnte ich ungestört Streifzüge durch Tel Aviv unternehmen.

In den ersten Tagen habe ich keinen meiner alten Bekannten und Freunde aufgesucht. Ich wollte allein sein und – vielleicht zum ersten Mal – die Bilanz meines bisherigen Lebens ziehen. Ich schlenderte durch die Ben-

Yehuda-Straße und zum Dizengoff-Boulevard, um dort Kaffee zu trinken und die anderen Müßiggänger zu betrachten, die an den Tischen saßen und unentwegt schwatzten, Zeitung lasen und die Passanten musterten. Wenn eine attraktive Frau vorbeiging, bekamen die Männer so funkelnde Augen, als ob sie nach Sex lechzten und schon ewig lange nicht mehr mit einer Frau zusammen gewesen wären. Ihre gierigen Blicke schienen zu fragen: »Vielleicht? . . . Vielleicht ist das die Frau, von der ich geträumt habe . . . Möglich, daß der Zufall uns eines Tages zusammenführt und daß dann das große Glück beginnt, das in Büchern beschrieben wird . . .« Diese plötzlich erwachte Hoffnung hielt nur so lange an, bis die betreffende Frau in die Frishman-Straße oder die I. L. Gordon-Straße einbog. Dann beschäftigten sich die Möchtegern-Don Juans wieder mit ihren zerknitterten Zeitungen und ihren Zigarettenstummeln. Auch die Frauen, die an den Tischen saßen, musterten die Passantinnen und machten allerlei spöttische Bemerkungen: »Die dort hat dicke Beine . . . Und die dort hat zu breite Hüften . . . Und *die* ist geschmacklos angezogen . . .« In den Schaufenstern waren hochmoderne Kleider, Jacken und Unterwäsche ausgestellt. Der »Rat der Sprachen« hatte bereits hebräische Bezeichnungen für all den Firlefanz erfunden, der hier verkauft wurde. Eines jedenfalls kann man dem modernen Menschen nicht nachsagen: daß er um Worte verlegen ist. Ich saß in der Nähe einer Buchhandlung und warf zuweilen einen Blick ins Schaufenster. Die Kitschromane aus aller Welt waren bereits in die heilige Sprache übersetzt worden. An den Kiosken hingen Werbeplakate für triviale Theaterstücke. Hätten die Plakate keine hebräische Aufschrift gehabt, dann hätte ich ebenso gut in Paris, Madrid, Lissabon oder Rom sein können. Ja, die Aufgeklärten haben ihr Ziel erreicht. Wir sind ein Volk wie alle anderen Völker. Wir füttern unsere Seele mit dem gleichen Mist wie sie. Wir erziehen unsere Töchter bereits dazu, lasterhaft zu werden. Wir geben bereits hebräische Illustrierte heraus, in denen ausführlich berichtet wird, welches Hollywood-Flittchen mit welchem Hollywood-Macker geschlafen hat.

Es gab dort ein Café, das ein Treffpunkt für Schriftsteller und wohl auch für Schauspieler und Schauspielerinnen war. Zuweilen ging ich hinein. Früher hatte ich mir bestimmte Vorstellungen über Schriftsteller und ihre Arbeit gemacht. Ich hatte ihre Bücher gelesen. Und ich war beeindruckt von ihrer Fähigkeit, so viele Gedanken und Gefühle, oft sogar die verborgensten Regungen des menschlichen Herzens, in Worte zu fassen. Aber wenn ich sie in diesem Café sitzen sah, entdeckte ich in ihren Mienen die gleiche Habgier, Seichtigkeit und Eitelkeit wie in den Gesichtern der anderen. Auch sie wurden ganz kribbelig, wenn ein weibliches Wesen vorbeischlenderte. Und ihre Ehefrauen machten die gleichen albernen Bemerkungen, während sie, mit geschminkten Lippen, Limonade oder Orangensaft schlürften. Es bedurfte keiner besonderen Beobachtungsgabe, um zu merken, daß diese weiblichen Intellektuellen die gleichen Illusionen wie die nicht schöpferisch Tätigen hegten, die gleichen unerreichbaren Wünsche, die gleichen Träume von einem Glück, das es gar nicht gibt. Wenn sie sich über diese und jene phantastische Idee ausgelassen hatten, lasen sie sofort wieder irgendeinen läppischen Zeitungsartikel über eine von Millionären umworbene Schönheit oder über eine Schauspielerin, die für eine Abendgage von zehntausend Dollar in Las Vegas als Sängerin auftrat. Hin und wieder betrachteten sie sich in den Wandspiegeln. War ihnen anzusehen, wie alt sie waren? Hatten sie auch wirklich jedes Fältchen glätten können? Ließ sich das allmähliche Runzligwerden wirklich mit Hilfe von Helena Rubinsteins Nährcreme aufhalten?

Nach etlichen Tagen des Alleinseins begann ich, meine Bekannten aus Warschau aufzusuchen – Freunde, Leute, mit denen ich halbwegs befreundet gewesen war, und Leute, die ich in Wilna, Moskau, Taschkent kennengelernt hatte. Nach den Adressen brauchte ich mich gar nicht erst zu erkundigen, denn sobald der erste erfahren hatte, daß ich in Tel Aviv war, verständigte er die anderen. Einige von ihnen traf ich in den Cafés am Dizengoff-Boulevard. Begrüßungsküsse, Schmus, Fragen, Erinnerungen. Viele unserer gemeinsamen Freunde waren in der Hitlerzeit umgekommen, andere waren verhungert oder in Stalins Gefängnissen gestorben, und manche waren beim Einsatz in der Roten Armee oder im polnischen Widerstand gefallen. Einige waren an Krebs oder Herzinfarkt gestorben. Aber so viele auch dahingegangen waren – etliche bleiben immer übrig. Tel Aviv war ein einziges großes Überlebenden-Lager. Ständig bekam ich die Worte »gestorben«, »umgekommen«, »erschossen«, »getötet« zu hören. Die Witwer hatten neue Ehefrauen, die Witwen neue Ehemänner. Frauen, die noch jung genug waren, hatten wieder Kinder bekommen.

Ich wurde mit Einladungen überschüttet. Ständig kaufte ich Blumen und Konfekt und ständig ließ ich mich im Taxi herumfahren. Manche, die ich wiedersah, sagten, sie hätten mich schon zu den Toten gezählt. Ich sei wiederaufgetaucht wie ein von den Toten Auferstandener. Aus meiner Kleidung und aus den Geschenken, die ich mitbrachte, schlossen sie, daß ich drüben in New York kein armer Mann gewesen sein konnte. Einige deuteten sogar an – oder baten mich ganz offen –, daß ich ihnen behilflich sein sollte, nach Amerika auszuwandern. Sicher, Israel sei unser Land und unsere Hoffnung, aber so viel von der heiligen Sprache, so viel Jüdischkeit verdauen zu müssen falle einem wirklich schwer. Hier könne man sich – so wurde getuschelt – nicht nach oben arbeiten, hier könne man ohne »Beziehungen« und Protektion nicht vorankommen. Man müsse der richtigen Partei angehören und Leute kennen, die am Ruder seien. Wie überall in der Welt gelte auch hier: Macht geht vor Recht. Wie hätte es auch anders sein können? Juden seien schließlich auch bloß Menschen.

Eine der Frauen, die ich damals kennenlernte, sprach mit mir über intime Dinge. Das Klima hier wirke sich so aus, daß während der Hitzewellen die Leidenschaftlichkeit der Männer abkühle, die Frauen hingegen geradezu verzehrt würden von sexueller Begierde.

»Und was tut ihr dagegen?«

»Ach, das deichseln wir schon.«

Sie lächelte verschmitzt. Ich merkte, daß sie bereit war, es sofort zu »deichseln« – nämlich mit mir. Warum denn nicht? Ich war ein Tourist, ein Amerikaner, der bestimmt keinen Klatsch über sie verbreiten würde. Ich wohnte in einem guten Hotel, ich war nicht knauserig und nicht arm. Unaufgefordert erzählte sie mir allerlei. Sie wußte genau Bescheid über meine Bekannten, ihr Tun und Treiben, ihr Familienleben, ja sogar über ihre heimlichen Wünsche. Immer wieder erklärte sie, daß man sich hier im Heiligen Land nicht zurückhaltender benehme als die Leute in Paris oder New York. Ich nahm nicht alles, was sie mir da erzählte, für bare Münze, aber später bekam ich von anderen das gleiche zu hören. Nein, hebräische Schriftzeichen und jüdische Staatsmänner bilden keine Barriere gegen die Frevelhaftigkeit.

Zwischen einer Verabredung oder Einladung und der nächsten stahl ich mich oft davon, um in eine Synagoge zu gehen. Zugegeben, in Tel Aviv gibt es viele Juden, die regelmäßig beten. Viele führen ein Leben ohne Fehl und Tadel. In den Schulen werden die Kinder in die Heilige Schrift, die jüdische Geschichte, die Mischna und in Abschnitte der Gemara eingeführt. Viele Einwohner feiern den Sabbat und essen koschere Speisen. Aber je genauer ich diese Juden beobachtete, um so klarer wurde mir, daß sie nicht die Kraft aufbrachten, ihre Kinder vor der Weltlichkeit zu bewahren, die im Land herrschte. In den meisten Fällen war hier die Jüdischkeit nicht aus einem starken Glauben erwachsen, sondern bloße Routine – manchmal auch eine Pflichtübung auf Grund der Mitgliedschaft in einer Partei. Es war eine kalte oder lauwarme Jüdischkeit. In den Synagogen sprach ich mit den Gläubigen. Keiner von ihnen besaß jenen starken Glauben, der die Feuersglut des bösen Geistes überwinden kann. Sie sprachen ihre Gebete, und wenn sie damit fertig waren, sperrte der Schammes die Synagogentür zu. Nirgends entdeckte ich ein Lernhaus, in dem junge Burschen, wie einst in Warschau oder Lublin, Talmudtexte studierten. Die Jungen mit den winzigen Scheitelkäppchen, die Väter, die gestutzte Bärte hatten (oder Enthaarungsmittel benützten und bartlos waren), die Mütter, die keine Perücken trugen – sie alle waren nette, achtbare Leute, aber keine Kämpfer gegen Satan. Sie gehörten der religiösen Partei an, und ihre Söhne wie auch ihre Töchter dienten in der Armee. Die meisten von ihnen lasen die gleichen Zeitungen wie ihre nicht religiös orientierten Landsleute und sahen sich auch die gleichen Filme an. Tag für Tag nahmen sie mehr Weltlichkeit in sich auf, machten sie sich weltliche Bestrebungen mehr und mehr zu eigen. Viele Männer beteten nur noch am Sabbat und an den Feiertagen. Ich kam zu dem Schluß, daß ihre Glaubenskraft nicht mehr dazu ausreichte, die Einhaltung der religiösen Vorschriften wenigstens noch ein paar Generationen lang zu gewährleisten.

Doch nicht ihretwegen, sondern bloß meinetwegen machte ich mir Sorgen. Ich war vor Celia und Liza geflohen, jetzt aber war ich von unzähligen Celias und Lizas – regelrechten und potentiellen – umgeben. Ich wußte, daß all diese Einladungen und Verabredungen mit weiblichen Bekannten mich letztlich wieder zu der Lebensweise verleiten würden, der ich entrinnen wollte. Einige verheiratete Frauen hatten mir bereits Avancen gemacht. Der Glaube, der während einer der schlimmsten Krisen meines Lebens in mir entfacht worden war, begann abzukühlen und allmählich zu erlöschen. Ich stand, angeblich ins Gebet vertieft, in der Synagoge, doch die Worte des Gebetes trösteten und überzeugten mich nicht mehr. Ich murmelte das Achtzehngebet, doch jede Benediktion kam mir wie eine Lüge vor. Es gab nicht den geringsten Beweis dafür, daß Gott die Toten auferwecken, die Kranken heilen, die Bösen bestrafen, die Gerechten belohnen würde. Sechs Millionen Juden waren verbrannt, gefoltert, vernichtet worden. Abermillionen Feinde belauerten den Staat Israel – erpicht darauf, auszurotten, was Hitler nicht in die Hände gefallen war. In Deutschland sprachen ehemalige Nazis am Biertisch ganz offen von neuen Massakern. In Rußland und Amerika wuchs eine Generation heran, die die Jüdischkeit vergessen hatte und völlig – oder nahezu – gottlos geworden war. Viele Juden in aller Welt frönten ihren linksradikalen Abgöttern, ließen sich von jeder Narretei, jeder falschen Theorie verführen. Sie waren weltlicher als die Weltlichsten geworden und oft auch heidnischer als die Heiden. Wenn es wirklich einen Gott gab, der einen Messias schicken *konnte,* dann gab es nur noch wenige, für die er ihn schicken würde . . .

Solche Gedanken gingen mir durch den Kopf, wenn ich betete. Solche Gedanken gingen mir durch den Kopf, wenn ich mich schlafen legte und wenn ich aufstand.

11

Beinahe wäre ich, zusammen mit einer neuen Freundin, vielleicht auch mit zweien, in Tel Aviv geblieben. Aber irgendeine Kraft erinnerte mich immer wieder daran, warum ich hierher gekommen und wovor ich geflohen war. Der jüdische Funke – oder die Stimme vom Berg Horeb – wollten mich nicht wieder in die Illusionen der materialistischen Welt verfallen lassen. Oft fragte mich die Stimme ganz plötzlich: »Bist du geflohen, um dich aus diesem Misthaufen zu erheben und dann in den nächsten zu fallen?« Und sie argumentierte: »Wenn du, Joseph Shapiro, Abkömmling gelehrter Männer und frommer Frauen, bereit bist, die Zehn Gebote zu brechen, was kannst du dann von den Söhnen und Töchtern von Generationen von Übeltätern und Götzendienern erwarten?«

Den Männern, deren Ehefrauen ich für einen Seitensprung in Betracht zog, war während des Hitlerregimes Entsetzliches angetan worden. In Polen hatten sie ihre Familien verloren. Sie hatten in Israel wieder geheiratet und sehnten sich danach, ein neues Leben zu beginnen. Wollte ich diesen Männern wirklich ihre Frauen stehlen und mir deren Gunst mit Geld und Geschenken erkaufen? Ich hätte mich selber nicht mehr ertragen, wenn ich eine solche Untat begangen hätte. Ich wäre mir wie ein Nazi vorgekommen.

Ich hatte schon viel über die Kibbuzim gehört. Eines Tages besuchte ich einen Kibbuz, in dem ein entfernter Verwandter von mir lebte. Es war ein linksorientierter

Kibbuz. Ich brachte meinem Verwandten ein Geschenk mit, über das er sich sehr freute. Er zeigte mir alles: die Schule, den Kuhstall, die Scheune, den Karpfenteich. Es gab dort ein ansehnliches Gebäude, das »Kulturhaus« genannt wurde. Ich sollte im Kibbuz übernachten. Mein Verwandter, langjähriger Angehöriger des Kibbuz, stellte mir sein Zimmer zur Verfügung. Da an diesem Abend gewählt werden sollte, nahmen alle Kibbuzniks nach dem Abendessen an einer Versammlung teil. Ich sah, daß im Kulturhaus Licht brannte, und ging hinein. Man hatte mir gesagt, in der Bibliothek lägen israelische und ausländische Zeitungen auf. Im Bibliotheksraum brannte Licht, aber niemand war da. An der Wand entdeckte ich ein Bild von Lenin und ein Bild von Stalin. Welche Untaten Stalin begangen, wie viele Juden er ausgerottet hatte und was für ein schrecklicher Widersacher Israels er war – all das war allgemein bekannt. Trotzdem hing sein Porträt an der Wand. Die linksorientierten Juden dieses Kibbuz waren noch nicht gewillt, sich von diesem Baumeister des »Fortschritts«, diesem Propheten eines »hellen Morgen« und einer »besseren Zukunft« abzuwenden. Am liebsten hätte ich das Bild heruntergerissen, mit Füßen getreten und bespuckt. Unter den Zeitungen, die auf dem Tisch lagen, waren auch sowjetrussische sowie kommunistische und linksgerichtete Zeitungen und Zeitschriften in verschiedenen Sprachen, einschließlich Jiddisch.

Während ich in den Zeitungen herumstöberte, kam eine junge Frau herein, die offenbar zum Kibbuz gehörte. Sie warf mir einen erstaunten Blick zu. Da ich keine Lust hatte, mich auf ein Gespräch einzulassen, las ich einen Artikel in einem roten Blatt, der zu beweisen versuchte, daß die Welt allein durch den Kommunismus zu retten sei. Die junge Frau blätterte ebenfalls in einer linksgerichteten Zeitschrift – einer hebräischen. Ich hatte den Eindruck, daß sie auf jemanden wartete. Hin und wieder sah sie zur Tür hinüber.

Ja, da kam auch schon ein junger Mann herein. Er hatte schwarzes Kraushaar und funkelnde schwarze Augen. Offenbar waren die beiden überzeugt, daß ich, ein Amerikaner, kein Wort Hebräisch konnte. Zunächst redeten sie über mich. Der junge Mann fragte sie, wer ich sei, worauf sie sagte: »Weiß der Teufel! Irgendein amerikanischer Tourist, der zufällig hier vorbeigekommen ist.«

Dann sprachen sie über intimere Dinge. Ich konnte zwar nicht alles verstehen, was sie in sefardischer Aussprache zueinander sagten, aber ich erriet, worum es ging. Sie war verheiratet. Ihr Mann war nach Jerusalem gefahren, und sie wußte nicht, ob er diese Nacht oder erst am nächsten Morgen zurückkommen würde. Der junge Mann schlug ihr vor, mit auf sein Zimmer zu kommen, aber sie sagte, das sei zu riskant. Ja, im Kulturhaus dieses Kibbuz konnte man die gleichen betrügerischen Beziehungen anknüpfen wie in allen anderen Häusern dieser Art, ob bei Juden oder Nichtjuden. Das Stalinporträt an der Wand und das Gespräch der beiden jungen Leute überzeugten mich endgültig davon, daß bei den weltlichen Juden Israels auch nicht mehr Gefühl für Jüdischkeit zu finden ist als bei den weltlichen Juden in anderen Ländern. Der moderne Jude hat sich alle Lügen und Verblendungen seiner Zeit zu eigen gemacht. Was er »Kultur« genannt hat, war in Wirklichkeit ein Mangel an Kultur, das Gesetz des Dschungels. Zugegeben, in anderen Kibbuzim war Stalins Porträt entweder bereits entfernt oder gar nicht erst aufgehängt worden, aber auch dort setzte man große Hoffnungen in eine fadenscheinige Soziologie, in eine irrige Psychologie, in »poetisches« Geschwafel, in die Auslegungen der Theorien Karl Marx' oder dieses und jenes Professors. Immer wieder hat man die alten Idole in den Staub gezerrt und durch neue ersetzt. Man hat seine ganze Hoffnung in Amtsträger gesetzt, deren Überzeugungen, Politik und Vorstellung von Gerechtigkeit sich mit dem Wind gedreht haben. Eben noch eng miteinander befreundet, waren diese politischen Führer am nächsten Tag schon Todfeinde. Fielen sie heute noch übereinander her, so veranstalteten sie tags darauf schon wieder Bankette füreinander, brachten Trinksprüche aus und dekorierten sich gegenseitig mit Orden.

Obzwar die führenden jüdischen Politiker sich bemüht haben, genauso diplomatisch und spitzfindig zu sein wie die nichtjüdischen, hat das den uralten Judenhaß nicht mindern können. So sehr die Juden sich auch bemüht haben, die Nichtjuden nachzuahmen – sie sind ihnen trotzdem fremd und verhaßt geblieben. Man hat ihnen noch nicht verziehen, daß sie sich nicht völlig von ihrem uralten Erbe abgetrennt haben, daß sie die »Arroganz« besitzen, sich nicht gänzlich mit denen zu verbünden, die die heiligen Bücher der Juden verbrannt und jüdische Kinder umgebracht haben. In puncto Judenhaß hat zwischen Hitler und Stalin keinerlei Unterschied bestanden.

Ich übernachtete also in diesem Kibbuz. Ich war an dem Haus vorbeigekommen, in dem die Versammlung abgehalten wurde, und hatte gehört, wie ein alter Genosse den Anwesenden mangelnde Begeisterung für die sozialistischen Ideale und eine Neigung zum Nationalismus vorwarf. Er redete mit Feuereifer, er geiferte, er schlug mit der Faust auf den Tisch. Er bezeichnete die israelischen Rabbiner als reaktionäre Geistliche und Schwarzröcke, die das Rad der Geschichte zurückdrehen wollten. Ich hätte ihn gern gefragt: »Wohin rollt denn das Rad der Geschichte? Wie können Sie denn so sicher sein, daß das Rad der Geschichte nicht wieder in Blut und Knochenmark steckenbleibt?« Aber statt dessen legte ich mich schlafen.

Schlafen – das ist ein Witz. Tatsächlich habe ich in dieser Nacht fast überhaupt nicht geschlafen. Ich sah Juden vor mir, die ihr eigenes Grab schaufeln mußten, während die Nazis dabeistanden und sie mit Peitschenhieben antrieben: »Schneller! Tiefer!« Ich sah, wie jüdische Männer und Frauen in die Gaskammern geführt wurden. Ich sah, wie Juden von betrunkenen Deutschen gefoltert wurden, die sämtliche Foltermethoden anwandten, die sich dieser »hervorragende Schriftsteller«, der Marquis de Sade, und andere solche »Berühmtheiten« ausgedacht hatten. Sie alle waren wesentliche Bestandteile der weltlichen Kultur – Hitler und Stalin, Napoleon und Bismarck, sämtliche Huren, Zuhälter und Pornographen, all jene, die Bomben abwarfen, Razzien durchführten, ganze Völker nach Sibirien und in die Gaskammern schickten. Auch Al Capone und Jack the Ripper waren Bestandteile dieser Kultur. Es gibt keinen Schurken, über den die Professoren nicht Bücher schreiben, über dessen Veranlagung sie nicht psychologische Forschungen anstellen, für dessen Untaten sie nicht unzählige Entschuldigungen finden . . .

In jener Nacht kam ich endgültig zu der Überzeugung, daß ich der Kultur, die all das Böse und Falsche gezeugt und gerechtfertigt hatte, nicht nur absagen, sondern mich *dem* zuwenden mußte, was in völligem Gegensatz zu ihr steht. Ich mußte ein Mensch werden, der von dieser Art Kultur so weit entfernt ist, wie es unsere Großväter waren. Ich mußte werden, was sie gewesen sind: ein Talmudjude, ein Jude der *Gemara,* des *Midrasch,* des Raschi, des *Sohar,* des *Anfangs aller Weisheit* und der *Zwei Tafeln des Bundes.* Nur solche Juden sind abgesondert von den Bösen. Das kleinste Zugeständnis, das man der heidnischen Kultur unserer Zeit macht, ist eine Geste in Richtung des Bösen, ein Kopfnicken angesichts einer Welt der Mordgier, der Abgötterei und des Treubruchs. Ich muß zugeben, daß damals, als ich diesen Entschluß faßte, mein Glaube noch nicht so stark war. Ich war noch von Zweifeln besessen und von etwas, das man sogar als Ketzerei bezeichnen könnte. Ich habe mich, so könnte man sagen, weniger aus Liebe zu Mordechai als aus Haß auf Haman vom Bösen abgewandt. Ich war erfüllt von rasendem Abscheu vor der Welt und vor der Zivilisation, der ich angehörte. Ich lief davon, wie ein Tier vor einem Waldbrand davonläuft, wie jemand, der vor einem Verfolger flieht.

Am nächsten Morgen fuhr ich schnurstracks mit dem Bus nach Jerusalem.

12

Ich wanderte durch die engen Straßen Jerusalems. Das war lange vor dem Sechstagekrieg. Die Altstadt war noch in den Händen der Araber, und es sah so aus, als würden wir sie nie zurückbekommen. Aber Meah Schearim gehörte uns, und dorthin ging ich. Während ich umherlief, redete der Böse auf mich ein: »Joseph Shapiro, wohin gehst du? Diese Juden glauben jedes Wort, das im *Schulchan Aruch* steht, du hingegen hast nur das im Kopf, was die Bibelkritiker geschrieben und die Materialisten gepredigt haben. Du kannst ebensowenig ein frommer Jude werden, wie du ein Türke werden kannst.« Aber ich ging trotzdem weiter. Ich kam zu einem Gebäude und entdeckte ein Bethaus. Es war ein Lernhaus der Sandzer Chassidim.

Ehe ich weitererzähle, muß ich Ihnen sagen, daß ich in den eineinhalb Wochen, die ich in Tel Aviv verbracht hatte, auf ziemlich viel Snobismus gegenüber mir und meinesgleichen gestoßen war. Die in Israel geborenen Juden, die sogenannten Sabres, betrachten uns Diaspora-Juden als Fremde, schon gar, wenn wir das Hebräische nicht so aussprechen wie sie und die vielen neuen Wörter nicht kennen, die sie erfunden haben. Die linksorientierten Juden verachten die rechtsorientierten. Bei den Linken wiederum gibt es viele verschiedene Gruppierungen. Die

Mitglieder der Mapam-Partei halten die Mitglieder der Mapai für reaktionär. Und für beide ist jeder, der zu den »Allgemeinen Zionisten« gehört, ein Bourgeois. Und in den Augen der Kommunisten sind sie allesamt eine Faschistenbande, die auszurotten eine gute Tat wäre. Ich habe die Linken oft über Amerika und die amerikanischen Juden schimpfen gehört, die sie als »Geldsäcke« und »Anbeter des Goldenen Kalbes« bezeichneten. Wenn ich sie darauf hinwies, daß alle Institutionen in Israel von amerikanischen Juden unterstützt werden und daß es ohne sie keinen Staat Israel gäbe, erwiderten sie, die amerikanischen Juden spendeten das Geld doch nur, um Steuern zu hinterziehen, und seien an Israel ja gar nicht interessiert.

Ich bekam viele abfällige Bemerkungen über die »Hadassa«, die zionistische Frauenorganisation in Amerika, zu hören, über amerikanische Rabbiner, über alles und jedes. Oft dachte ich: Wir sind ein kleines Volk, das zur Hälfte ausgerottet wurde, und dennoch herrscht unter den Übriggebliebenen soviel Zwietracht, soviel gegenseitige Abneigung. Ich hatte den Eindruck, daß die israelischen Juden, wenn sie die Hilfe der amerikanischen Juden nicht mehr nötig hätten, ihnen ins Gesicht spucken würden.

Als ich in das Sandzer Lernhaus ging, glaubte ich, daß ich mir hier erst recht wie ein Fremder vorkommen würde. Ich war modern gekleidet, ich hatte keinen Bart und keine Schläfenlocken. In den Augen dieser Juden war ich bestimmt bloß ein Schandfleck für die Jüdischkeit. Aber dann kam alles ganz anders. Ich trat ein und fühlte mich in meine Jugend zurückversetzt. Juden wie mein Großvater – graubärtig, mit Schläfenlocken, Scheitelkäppchen und rituellen Gewändern mit langen Fransen – kamen auf mich zu und begrüßten mich. Ihre Blicke schienen zu sagen: »Du hast dich uns entfremdet, das ist wahr, aber unser Bruder bist du immer noch.« In ihren Augen entdeckte ich etwas, das ich bei modernen Juden nie gesehen hatte: Liebe zur Jüdischkeit, Liebe zum Mitjuden, auch wenn er ein Sünder ist. Es war keine vorgetäuschte Liebe, sie war echt. Jedermann kann echte Liebe von Scheinliebe unterscheiden.

Etliche Männer und Jugendliche saßen an Tischen und studierten die *Gemara*. Manche lasen schweigend, manche laut. Einige saßen vornübergebeugt da, die anderen wiegten den Oberkörper, und ihre Schläfenlocken wippten im Rhythmus. Ich sah Knaben, die sich, obwohl sie erst zwölf oder dreizehn waren, ganz für sich allein mit dem Studium der *Gemara* befaßten. Ihre Gesichter strahlten eine eigentümliche Würde aus. Diese Jugendlichen mußten keine Prüfungen ablegen; sie benötigten die Tora nicht für ihre berufliche Laufbahn. Sie lernten, weil der Jude dazu erschaffen wurde, zu lernen. Irgendwelche Auszeichnungen würden sie dafür nicht erhalten, und aller Wahrscheinlichkeit nach würden sie ihr Leben lang bettelarm bleiben.

Ich nahm den Traktat *Betzah* aus dem Bücherregal und begann darin zu lesen. Ich wußte, daß es ziemlich belanglos war, was da über ein Ei geschrieben stand, das an einem Feiertag gelegt worden ist. Darf dieses Ei gegessen werden? Die Schule Schammajs bejahte diese Frage, die Schule Hillels verneinte sie. Ich brauche Ihnen nicht zu sagen, daß die Aufgeklärten, die Talmudgegner, diesen Traktat als Beispiel dafür anführen, wie weltfremd der Talmud sei, wie wenig er mit Logik zu tun habe, mit dem Wandel der Zeiten, mit sozialen Problemen und so weiter.

»Woher kommt es denn«, fragte ich mich, »daß ich mir, wenn ich mit modernen Juden zusammen bin, wie ein Fremder vorkomme, hier dagegen wie ein vertrauter Freund?«

Als die Sandzer Chassidim sahen, daß ich mir ein Buch geholt hatte, wurden sie zutraulicher. Einige Männer kamen zu mir herüber, hießen mich willkommen und fragten, woher ich käme. Als ich sagte: »Aus Amerika«, stellten sie mir Fragen über die amerikanischen Juden, und zwar so, wie man sich nach Brüdern erkundigt und nicht nach »Geldsäcken«, »Reaktionären« und »Anbetern des Goldenen Kalbes«.

Die modernen Juden wollten mich immer nur mit ihren »Idealen« beglücken, diese Chassidim dagegen waren auf mein leibliches Wohl bedacht. Sie erkundigten sich nach meiner Unterkunft, und als sie hörten, daß ich mir noch kein Hotelzimmer gesucht hatte, empfahlen sie mir ein gutes Nachtquartier. So unglaublich es klingen mag – einige Männer luden mich ein, bei ihnen zu Abend zu essen. Und sie boten mir auch an, bei ihnen zu übernachten. Sie hielten es nicht für unangebracht, jemanden nach seinen Privatangelegenheiten zu fragen. Ganz im Gegenteil. Sie fragten, womit ich meinen Lebensunterhalt verdiene, ob ich verheiratet sei, ob ich Kinder hätte und wie lange ich in Israel bleiben wolle. Sie unterhielten sich mit mir wie mit einem Verwandten. Ich belog den Mann, der mich fragte, ob ich verheiratet sei: Ich sagte, ich sei geschieden. Worauf er mir prompt eine Partie vorschlug. Ich nahm natürlich an, daß er sich ein Ehevermittlungshonorar verdienen wollte. Ein junger Mann sprach mich an und bat um eine Spende. Das alles wurde in sehr höflichem Ton vorgebracht, ohne jede Überheblichkeit. Da ich ein Jude war, der sich mit der *Gemara* befaßte, war ich einer von ihnen.

Ich las an diesem Tag ziemlich viele Seiten. Ich betete beim Abendgottesdienst mit den Männern. Und zwischendurch scharten sich Alte und Junge um mich. In Amerika kann einer, der alt ist, von den jungen Leuten aus vor die Hunde gehen. Dort gibt es keine schlimmere Beleidigung, als über jemanden zu sagen, er sei gealtert. Wenn Eltern einen Gast einladen, sind ihre Kinder selten zugegen. Die meisten jungen Leute in Amerika scheren sich nicht um ihre Eltern. Leider Gottes mußte ich das gleiche bei den Modernen hier in Israel feststellen. Jung sein – das zählt für sie mehr als alles andere.

Bei den Sandzer Chassidim war davon nichts zu merken. Der Respekt, den die Jungen den Älteren erwiesen, war nicht gespielt, sondern echt. Der moderne Mensch glaubt bedingungslos an die materielle Welt. Ein Mensch in fortgeschrittenem Alter hat bereits so viel von dieser materiellen Welt aufgebraucht, daß ihm nur noch wenig zum Fressen und Huren übrigbleibt. Der junge Mensch dagegen verfügt noch über große Reserven, und allein schon deshalb kann er Anspruch darauf erheben, respektiert und anerkannt zu werden. Außerdem wird der junge Mensch immer mit den neuesten Marotten identifiziert. Er steht für das Neue, das in Mode Gekommene, den Fortschritt, der der Abgott des modernen Menschen ist.

Ich verbrachte diesen Abend in der Wohnung des Leiters einer Jeschiwa, der mich zum Essen eingeladen hatte. Ich befürchtete, daß es seiner Frau Ungelegenheiten machen würde, wenn er einen unerwarteten Gast mitbrachte, aber daran war sie offenbar gewöhnt. Man gab mir ein Scheitelkäppchen und zeigte mir, wo ich mir vor dem Essen die Hände waschen konnte. Die Wohnung hatte kein Badezimmer, und das Handtuch war nicht gerade blütenweiß. Die Hausfrau hatte ein runzliges Gesicht. Aus dem Gespräch, das wir führten, schloß ich, daß sie erst um die fünfzig war. In Amerika und auch in Israel kannte ich Frauen, die unerlaubte Affären hatten, Unterhaltszahlungen von ihren betrogenen Ehemännern bezogen, im Luxus schwelgten, dem Ehebruch und anderen Verruchtheiten frönten. Diese fromme Frau hingegen hatte das Altwerden akzeptiert – als etwas, das zu der Ehre gehört, Mutter erwachsener Kinder, Schwiegermutter und Großmutter zu sein. Aus ihren Augen sprach die Gutherzigkeit der *echten* jüdischen Mutter, also nicht jener Mütter, die in Büchern und Theaterstücken verhohnepipelt und die von amerikanisch-jüdischen Schriftstellern und manchen Psychoanalytikern für die Verhaltensstörungen ihrer Kinder verantwortlich gemacht werden.

Es wird Ihnen vielleicht komisch vorkommen, aber ich

habe mich in diese Frau verliebt. Ich fand, daß eine solche Frau sogar in romantisch-gefühlsmäßiger und in sexueller Hinsicht anziehender ist als jene alten Schachteln, die sich wie Sechzehnjährige kleiden, wie ein Loch saufen und wie Straßendirnen fluchen und deren sogenannte Liebe in Wirklichkeit blanker Haß ist. Kein Wunder, daß so viele moderne Männer impotent oder homosexuell werden. Um eine von denen zu heiraten, muß man ohnehin schon absonderliche Neigungen haben.

Der Hausherr, Reb Chaim, fragte mich, weshalb ich nach Israel gekommen sei, und ich sagte ihm die Wahrheit: daß mich das Leben, das ich geführt hatte, anekelte; daß ich ein Jude werden wollte – ein echter Jude, kein nationalistischer oder sozialistischer oder sonst was für einer.

»Es ist lange her«, sagte er, »daß ich solche Worte gehört habe. Was gedenken Sie zu tun?«

»Ich habe einige Ersparnisse. Ich möchte beten, studieren, Jude sein.«

»Weshalb sind Sie ausgerechnet ins Sandzer Lernhaus gekommen?«

»Ich bin zufällig vorbeigegangen und habe das Lernhaus entdeckt. Es war reiner Zufall.«

»Zufall? . . . *Et* . . .«

Wieder hörte ich den Ausdruck, den ich im Hause des alten Rabbis in New York gehört hatte. Diese Juden glaubten nicht an den Zufall.

Nach einer Weile sagte er: »Zufall bedeutet ›aufs Geratewohl‹. Die Aufgeklärten behaupten, die Welt sei bloß ein Zufall; der gläubige Jude aber weiß, daß alles vorausbestimmt ist. ›Zufall‹ ist kein koscheres Wort . . .«

13

Wie Sie bereits wissen, bin ich kein Verfechter des modernen Menschen und seiner Literatur, aber Shakespeares Aussage, die Welt sei eine Bühne, ist eine Wahrheit, die eng mit dem Glauben verbunden ist, dem Glauben an die Vorsehung. Wie in Theaterstücken, in denen die Hauptfiguren oft schon in der ersten Szene auftreten, so ist es auch im Leben. Du kommst in ein fremdes Land, in eine fremde Stadt, und schon begegnest du den Menschen, die in deinem Leben eine entscheidende Rolle spielen werden, den Hauptfiguren deines persönlichen Dramas. Genauso ist es mir ergangen.

Ich aß bei meinem Gastgeber, Reb Chaim, zu Abend und fragte, ob er Kinder habe. Er seufzte und erzählte mir, daß er mehrere Kinder gehabt habe, von denen aber nur noch eines lebe – eine Tochter, von der er sich eigentlich mehr erhofft habe. Sein Sohn hatte 1948 als Freiwilliger gekämpft und war von einer arabischen Kugel getötet worden. Zwei Kinder waren schon früh gestorben. Die Tochter hatte einen Jeschiwastudenten geheiratet, der sechs Monate nach der Hochzeit verstorben war. Sie war seit drei Jahren verwitwet. Auf meine Frage, ob sie berufstätig sei, erwiderte Reb Chaim, sie sei Schneiderin und wohne ganz in der Nähe.

Während wir miteinander redeten, kam eine junge Frau

herein, die ein Kopftuch aufhatte. Sie sah wie eine Achtzehnjährige aus. Später erfuhr ich, daß sie vierundzwanzig war. Ich brauchte bloß einen Blick auf sie zu werfen, und schon wußte ich eine ganze Menge über sie. Erstens: daß die Schönheit dieser Frau ganz ungewöhnlich war – keine Kosmetiksalon-Schönheit, sondern die Schönheit und der Liebreiz, die von Gott verliehen sind.

Zweitens: daß sie Tugendhaftigkeit ausstrahlte. Die Augen als Spiegel der Seele zu bezeichnen, das ist nicht bloß eine schöne Redewendung. Man kann den Augen eines Menschen ansehen, ob er hochnäsig oder bescheiden, aufrichtig oder verschlagen, stolz oder bescheiden, gottesfürchtig oder hemmungslos ist. Die Augen dieser jungen Frau spiegelten alle guten Wesenszüge des Juden wider. Ihr Blick offenbarte alle vortrefflichen Eigenschaften, die im *Pfad der Aufrechten* genannt werden. Als sie mich, einen Fremden, sah, wich sie einen Schritt zurück. Sie schien sich vor mir zu fürchten.

Drittens: Von diesem Moment an wußte ich, daß sie mein Schicksal war; daß ich nicht ruhen und rasten würde, bis sie meine Frau geworden war. Reb Chaim hatte recht: ›Zufall‹ ist kein koscheres Wort. Alles, was geschehen war, hatte mich in diese Stadt, in dieses Haus geführt. Nie zuvor hatte ich das Walten der Vorsehung so deutlich gespürt.

Die junge Frau schien das auch zu spüren: Sie wirkte jetzt merkwürdig verwirrt, sie errötete und war wie benommen.

Ich hörte ihre Mutter fragen: »Serele, warum sagst du nicht guten Abend? Unser Gast kommt aus Amerika.«

»Guten Abend«, sagte Serele. Es klang, als spräche ein folgsames Kind.

»Guten Abend, gutes Jahr«, erwiderte ich.

»Serele, hast du schon zu Abend gegessen?« fragte ihre Mutter.

»Nein, ich esse später.«

»Iß doch bei uns!«

Ich hoffte, daß sie sich an den Tisch setzen würde, doch in diesem Haus aßen die Frauen nicht am selben Tisch wie die Männer, schon gar nicht, wenn Fremde zugegen waren. Nur Reb Chaim und ich saßen am Eßtisch, während die Frauen in der Küche aßen. Das Schicksal hatte mich von Celia, Liza und Priscilla losgerissen – zurück zur echten Jüdischkeit, zu der Quelle, aus der wir alle getrunken hatten, zurück auf den Weg, der zur Tora und zur Reinheit führt. In den vergangenen Jahren hatte ich so viel Zügellosigkeit, Unzüchtigkeit und Treubruch erlebt, daß ich schon völlig vergessen hatte, daß es Frauen gibt, die ganz anders sind. Celia und Liza hatten mir oft vorgeworfen, ich hätte keinen Respekt vor Frauen. Aber was hätte ich an ihnen denn respektieren sollen? Celia behauptete, daß D. H. Lawrence, der Verfasser von *Lady Chatterleys Liebhaber*, der größte Schriftsteller aller Zeiten sei. In Lizas Wohnung hatte ich oft pornographische Bücher entdeckt. Und beide, Celia und Liza, sahen sich gern Gangsterfilme an. Sie lachten, wenn die Gangster sich gegenseitig niederknallten oder erstachen. Mir setzten solche Szenen furchtbar zu. Gewalttätigkeit und Blutvergießen haben mir immer einen Schauder eingejagt. Celia und

Liza hatten eine Vorliebe für Hummer. Ich wußte, daß Hummer lebendig in kochendes Wasser gelegt werden. Doch diesen angeblich so zartbesaiteten Damen machte es nichts aus, daß ihretwegen ein Lebewesen auf die gräßlichste Weise umgebracht wurde. Und sie beide hatten eine Vorliebe für Theaterstücke voller Horror und Dekadenz. Und das alles im Namen einer Kunst, deren Thema immer das gleiche ist: Gewalttätigkeit und Hurerei.

Erst jetzt, während ich Ihnen das alles erzähle, wird mir klar, wie sehr ich unter dieser Kunst gelitten habe. Um sie genießen zu können, muß man das Herz eines Mörders haben. Sie ist durch und durch sadistisch, niederträchtig und grausam. Ich habe Celia und Liza oft über Szenen lachen sehen, bei denen man eigentlich in Tränen ausbrechen müßte. Der Held mußte Folterqualen erdulden, doch das war angeblich amüsant. Galgenhumor – das ist der Humor des modernen Menschen. Er lacht über das Unglück anderer. In der weltlichen Literatur sind die Helden stets Hurenböcke und Übeltäter gewesen. Anna Karenina, Madame Bovary, Raskolnikow, Taras Bulba – das sind die typischen Helden und Heldinnen der Literatur. Von Homers *Ilias* und *Odyssee,* Dantes *Göttlicher Komödie,* Goethes *Faust* bis hinunter zu dem Kitsch, der darauf abzielt, bei Straßenlümmeln und Dirnen Anklang zu finden, strotzt alles von Grausamkeit und Hemmungslosigkeit. Die ganze weltliche Kunst ist nichts anderes als Verderbtheit und Entwürdigung. In jeder Generation haben Schriftsteller das Töten und die Ausschweifung verherrlicht, und man hat alle möglichen Bezeichnungen dafür: Romantik, Naturalismus, *Nouvelle Vague* und so weiter.

Erst vor kurzem habe ich begriffen, warum die frommen Juden nichts von einem allzu ausführlichen Studium der Heiligen Schrift hielten und halten. Die biblischen Schauergeschichten entsprachen nicht der Geisteshaltung des Diaspora-Juden. Ihm waren Rabbi Isaak Luria und der Baalschem Tow vertrauter und verständlicher als Josua, der Sohn Nuns, und König David. Josua und König David mußten gerechtfertigt und verteidigt werden, Rabbi Isaak Luria und der Baalschem Tow hatten keinerlei Verteidigung nötig. Aus dem gleichen Grund rühmten die Aufgeklärten jene Teile der Heiligen Schrift, die sie als »weltlich« bezeichneten. Die Psalmen zu rezitieren, das war für sie Zeitverschwendung, aber etwas über die jüdischen Kriege zu lesen, das bedeutete Weltlichkeit. Unsere Väter und Großväter haben das *Hohelied Salomos* auf den Allmächtigen bezogen, auf die Allgegenwart Gottes, auf das Volk Israel. Die Aufgeklärten hingegen haben alles mögliche versucht, um zu beweisen, daß das *Hohelied Salomos* bloß ein Liebeslied sei. Ich sage nichts gegen die Bibel, Gott bewahre! Die Bibel ist heilig. Aber das Judentum hat sich weiterentwickelt. Alles ist zuerst roh und reift mit der Zeit. Ist ein Apfel noch grün, dann schmeckt er nicht so süß wie später, wenn er reif geworden ist. Der Keller eines Hauses ist nicht so gepflegt wie ein Wohnzimmer.

Die Erfahrung hatte mich gelehrt, wie man mit einer Celia, einer Liza, einer Priscilla redet. Wie aber redet man mit einer Sara? Das hatte ich vergessen. Ich hatte sie nur kurz gesehen und mußte mich an jenem Abend damit begnügen, obzwar die Wohnung klein war. Nach dem Abendessen ging Sara wieder. Sie sagte leise gute Nacht zu mir und ihrem Vater, wandte dabei aber das Gesicht ab.

Reb Chaims Einladung, bei ihm zu übernachten, schlug ich aus. Ich hatte ja gemerkt, daß dafür kein Zimmer zur Verfügung stand. Außerdem war ich nicht mehr an die altmodischen Federbetten gewöhnt. Und ich befürchtete, daß es in einem solchen Haushalt Flöhe und Wanzen geben könnte. Ich verabschiedete mich von Reb Chaim und seiner Frau, Beile Broche, und machte mich auf die Suche nach einem Hotel.

Ich hatte Reb Chaim versprochen, am nächsten Morgen wieder ins Sandzer Lernhaus zu kommen. Er hatte mich zweifelnd angesehen. »Um Gottes willen, vergessen Sie's nicht!«

»Nein, Reb Chaim, ich werde mich nie mehr von Ihnen trennen.«

Ich fand ein Hotel. Dieser Tag war der erste, an dem ich wie ein Jude lebte. Der böse Geist war zum Schweigen gebracht, aber ich wußte, daß er sich bald wieder zu Wort melden würde. Und tatsächlich hörte ich ihn kurz darauf sagen: »Das wäre ja alles ganz schön, wenn du wirklich gläubig wärst, aber du bist ja bloß ein Ketzer, der an Heimweh leidet. Du wirst bald wieder in deinen ketzerischen Lebenswandel verfallen und obendrein einer frommen jüdischen Tochter Kummer machen, nichts als Kummer. Du wirst es nicht lange bei ihr aushalten. Nach einem Monat – allerhöchstens nach einem Vierteljahr – hast du sie satt.«

»Ich werde sie heiraten und bei ihr bleiben«, erwiderte ich dem Scharfzüngigen. »Ich werde ein Jude sein, ob es dir paßt oder nicht. Wer das Böse verabscheut, muß an das Heilige glauben.«

»Ich habe schon viele solche Büßer wie dich gesehen«, entgegnete Satan. »Es ist bloß eine Laune. Sie werden alle wieder das, was sie vorher waren.«

»Wenn ich kein Jude sein kann, werde ich mir das Leben nehmen!« rief meine innere Stimme.

»So redet ein moderner Mensch«, flüsterte mir ein böser Kobold ins Ohr.

Ich ging zu Bett, aber ich lag stundenlang wach. Ich hatte mich in Sara verliebt, die heute meine Frau und die Mutter meiner Kinder ist.

14

In dieser Nacht beschloß ich, Sara und ihrem Vater kein Wort davon zu sagen, solange ich nicht von Celia geschieden war. Aber würde Celia denn in eine Scheidung einwilligen? Ich hatte Angst, an sie zu schreiben. Wenn sie erfuhr, wo ich war, würde sie mir womöglich Schwierigkeiten machen. Heutzutage gilt der Grundsatz, daß der Ungerechte immer im Recht ist. Chuzpe – das ist die Quintessenz des modernen Menschen. Auch des modernen Juden. Er hat so eifrig vom Nichtjuden gelernt, daß er ihn jetzt bereits übertrifft. Freilich – ein Quentchen Chuzpe war auch bei den frommen Juden zu finden. Sie sind immer ein hartnäckiges und rebellisches Volk gewesen. Ja, es gibt eine Art Chuzpe, die lebensnotwendig ist, aber darauf will ich jetzt nicht eingehen.

Als ich beschlossen hatte, an Celia zu schreiben, überkam mich ein Gefühl der Hoffnungslosigkeit. Ich hatte mit meiner Vergangenheit brechen und das alles vergessen wollen, und nun mußte ich mich von neuem damit herumschlagen. Ich schlief schlecht und hatte qualvolle Träume. Beim Aufstehen hatte ich das Gefühl, daß es nicht mehr der Mühe wert war. Überall stellten sich mir Hindernisse in den Weg. Ich überlegte, ob es nicht besser wäre, meinem Leben ein Ende zu machen. Ich weiß nicht, ob es anderen auch so geht – mich jedenfalls hat der Gedanke an Selbstmord von Jugend an verfolgt. Ich glaube, ich habe schon im Cheder daran gedacht. Immer hatte ich das Gefühl, daß alle meine Anstrengungen vergeblich wären. Meine Eltern sagten, Selbstmord sei eine furchtbare Sünde. Ich war anderer Meinung. Warum sollte der Mensch nicht das Recht haben, sich seines Körpers und all seiner Qualen zu entledigen? Als ich die Geschichte über Hanna las, die sich nach dem Verlust ihrer sieben Kinder das Leben nahm und dennoch der kommenden Welt teilhaftig wurde, war mir das ein Trost: Wenn eine Selbstmörderin ins Paradies eingehen durfte, dann konnte es doch kein so schlimmes Vergehen sein, sich das Leben zu nehmen. Heute weiß ich, daß Selbstmord eine Sünde ist. Der Selbstmörder schleudert Gottes größtes Geschenk von sich: den freien Willen. Es gibt allerdings Umstände, in denen der Mensch keinen freien Willen mehr hat. Auch die Leidensfähigkeit hat ihre Grenzen.

Ja, ich stand an jenem Morgen in gedrückter Stimmung auf. Trotzdem nahm ich ein Bad und machte mich auf den Weg ins Sandzer Lernhaus. In einem Laden, wo religiöse Gegenstände ausgestellt waren, kaufte ich mir einen Tallit und T'fillin. Der Ladeninhaber sah mich erstaunt an und fragte: »Sind Sie ein Büßer geworden?«

Und ich antwortete: »Ich möchte einer werden.«

Im Sandzer Lernhaus traf ich Reb Chaim. Als er meinen Gebetsschal und die Gebetsriemen sah, sagte er: »Sie sind also heimgekehrt!«

Ich begann zu beten und wurde von quälenden Gedanken bestürmt. Auch als ich die Riemen um meinen Arm schlang und die Schaufäden küßte, redete der böse Geist auf mich ein: »Du spielst Komödie. Du weißt sehr wohl, daß die Gebetsriemen bloß Lederstreifen aus Kuhhaut sind. Und was du da aufsagst – für die Erstgeburt einer Eselin soll ein Schaf geopfert werden, andernfalls soll man ihr den Kopf abhauen – das stammt aus dem Götzendienst der Phönizier. Die Kuh hat es nicht verdient, daß man ihr die Haut abzieht, und das Schaf hat es nicht verdient, geopfert zu werden, und ebensowenig hat es die Erstgeburt der Eselin verdient, daß ihr der Kopf abgehauen wird. Diese Textstelle ist – wie die ganze Heilige Schrift und der Talmud – völlig veraltet, überwuchert vom Moder der Jahrhunderte. Und auch was in den Kapseln der Gebetsriemen geschrieben steht – »Du sollst Gott, deinen Herrn, lieben von ganzem Herzen, von ganzer Seele und mit ganzer Kraft« –, ist ungerechtfertigt. Was hat Gott denn für uns Juden getan, daß wir Ihn so sehr lieben sollten? Wo ist Seine Liebe zu uns? Wo war denn Seine Liebe, als die Nazis jüdische Kinder marterten?«

Ich hatte diese Argumente schon oft gehört, aber nie gewußt, was ich darauf erwidern sollte, und ich weiß es – warum es leugnen? – bis heute nicht. Um den Scharfzüngigen loszuwerden, sagte ich: »Du hast völlig recht, aber weil ich nicht den Mut zum Sterben habe, muß ich ein Jude sein. Warum sollte das Anlegen von Gebetsriemen weniger sinnvoll sein als sich einen Schlips umzubinden oder eine Feder an den Hut zu stecken? Selbst wenn die Jüdischkeit bloß ein Spiel wäre, sagt mir dieses Spiel mehr zu als Fußball oder Baseball oder das Spiel mit der Politik. Selbst wenn der Allmächtige böse wäre, würde ich lieber mit dem ungerechten Schöpfer des Universums sprechen als mit einem Schurken des KGB. Wenn Gott nicht gut ist, so ist Er doch wenigstens weise. Was aber sind die Bösen? Sie sind obendrein Narren . . .«

Ich gebe hier meine Gedanken wieder, um Ihnen zu zeigen, wie schwierig es für einen modernen Menschen ist, zu Gott zurückzufinden; wie tief der Zweifel und die Verzweiflung in uns wurzeln.

Ich legte also den Tallit und die T'fillin an und begann zu beten, doch Satan ließ keinen Moment von mir ab. Als ich betete: »Der Herr tut Gutes allen, und Seine Gnade waltet über allen Seinen Werken«, rief Satan: »Eine verdammte Lüge! Gut ist Er nur zu einer Bande reicher und mächtiger Außenseiter.« Und als ich betete: »Der Herr ist nahe allen, die Ihn anrufen«, warf Satan ein: »Haben die frommen Juden in den Gettos nicht oft genug zu Ihm gebetet? Und was hat Er zu Zeiten Chmielnickis gegen die Juden gehabt? Deiner Ansicht nach hatte das jüdische Volk damals seine höchste Vergeistigung erreicht . . .«

Der Saboteur in mir gab also keinen Augenblick Ruhe. Er stritt mit mir wenn ich schlief und wenn ich wach war. Ich hatte beschlossen, ihm gar nicht mehr zu antworten, ihn sozusagen den Mond anbellen zu lassen. Er lästerte Gott, er wütete gegen alles und jeden – und ich sprach meine Gebete. Er nistete in meinem Gehirn wie die Mücke im Gehirn des Titus, aber die Lippen konnte er mir trotzdem nicht versiegeln. Ich sprach das Achtzehngebet, wenn auch ohne Inbrunst.

An diesem Tag teilte ich Celia die ganze Wahrheit mit, natürlich in kurzen Worten. Ich schrieb ihr ungefähr folgendes: »Ich möchte ein Jude wie mein Vater und mein Großvater werden. Bitte willige in die Scheidung ein.«

Ich war überzeugt, daß Celia entweder nicht antworten oder mir sofort einen Anwalt oder die Polizei auf den Hals hetzen würde. Da die modernen Juden so sein wollen wie die Nichtjuden, wer weiß da schon, wozu die jüdische Polizei fähig ist?

In den darauffolgenden Tagen verlief mein Leben fast mechanisch und wie das eines Verurteilten. Ich betete, ich studierte die *Gemara,* ich aß in einem koscheren Restaurant. Als ich dem Inhaber des Lokals sagte, daß ich Vegetarier sei, musterte er mich erstaunt und wollte mit mir disputieren, aber dazu hatte ich keine Lust. »Ich gebe ja zu«, sagte ich, »daß Sie recht haben könnten, aber tun Sie mir den Gefallen und bringen Sie mir, was ich haben möchte.«

Er zuckte die Achseln. »Des Menschen Wille ist sein Himmelreich.« Und dann brachte er mir, was ich bestellt hatte.

Reb Chaim machte mir's nicht so leicht. Als er hörte, daß ich etwas gegen das Abschlachten von Tieren hatte, sagte er: »Das ist abwegig.«

»Reb Chaim, wer gesehen hat, wie Menschen das Fleisch von Menschen essen, der kann nie mehr das Fleisch eines Tieres verzehren.«

»Man braucht nicht mitleidiger zu sein als der Allmächtige.«

An diesem Tag wurde mir klar, daß meine vegetarische Lebensweise eine Schranke zwischen mir und den Juden, denen ich näherkommen wollte, bilden würde. Sie hielten den Vegetarismus für eine weltliche Marotte, die von Nichtjuden und konvertierten Juden praktiziert wird. Daß ich vegetarisch lebte, nahmen sie als Zeichen dafür, daß ich übermäßig fromm sein wollte. Einer der Sandzer Chassidim verglich mich gutmütig mit Esau, von dem es im Talmud heißt, er habe die Rolle des übermäßig Frommen gespielt und seinen Vater gefragt, wie man es denn anstellen solle, von Stroh den Zehnten zu bezahlen. Als ich zum ersten Mal bei Reb Chaim zu Abend gegessen hatte, setzte uns seine Frau zufällig etwas Milchiges vor. Reb Chaim wollte mich aber auch zum Sabbatmahl einladen, und da konnte ich ihm natürlich nicht mehr verschweigen, daß ich weder Fisch noch Fleisch aß, nicht einmal am Schabbes. Das schien ihn zu schockieren.

Aber ich war fest entschlossen, so zu leben, wie ich es für richtig hielt. Wenn das bedeutete, daß ich mich *allen* entfremden müßte, wäre das wohl auch keine Tragödie gewesen. Wenn man stark ist, kann man auch das ertragen.

Mitten in alledem traf ein Brief von Celia ein. Es war ein langer Brief, eine Art Beichte, die sich über dreißig Seiten hinzog. Wahrscheinlich liegt dieser Brief noch irgendwo zwischen meinen Papieren. Ich kann Ihnen sagen – das ist ein Dokument! Zunächst lief alles darauf hinaus, daß ich sie dazu getrieben hätte, unmoralisch zu handeln. Ich hätte ihr ein schlechtes Beispiel gegeben. In diesem Punkt hatte sie völlig recht. Des weiteren schrieb sie, daß sie mich um den Mut beneide, mich von allem und jedem loszusagen. Manchmal habe sie sich gewünscht, das gleiche zu tun, doch leider habe ihr dazu die Überzeugung, der Glaube und der Mut gefehlt. Sie schrieb mir, daß sie sich nach wie vor mit dem alten Professor treffe und daß er sich unbedingt scheiden lassen wolle, um sie zu heiraten. Sie willige in die Scheidung unserer Ehe ein und verlange nur eine »kleine Abfindung«. Etliche Seiten ihres Briefes bezogen sich auf geschäftliche Angelegenheiten. Ich hatte alles bedenkenlos aufgegeben, aber meine Geschäftspartner hatten nicht vor, mir alles abzunehmen. Außerdem hatte Celia einen Anwalt mit der Wahrnehmung unserer finanziellen Interessen beauftragt.

Ich las den Brief viele Male. Er verriet die Empfindungen einer tief gesunkenen, aber noch nicht völlig verderbten Frau. Die Quintessenz des Briefes war: »Ja, wir haben unser Erbe verloren – für immer verloren. Nichts davon kann gerettet werden.«

15

Wo war ich stehengeblieben? Ach ja – ich wurde von Celia geschieden, das heißt, sie erhielt das gerichtliche Scheidungsurteil, und ich schickte ihr den jüdischen Scheidebrief. Aus der »kleinen Abfindung« wurde eine »große Abfindung«. Celia und ihr Anwalt rissen so viel wie irgend möglich an sich. Wenn ein moderner Mann eine Frau gleichen Schlages heiratet, fällt er in eine Schlangengrube. Die Ehe ist für den modernen Menschen eine Form des Selbstmords. Für ein falsches Lächeln und für eine Frau, die andere Männer bereits kostenlos besessen haben, muß der Ehemann nicht nur mit seiner Freiheit sondern oft auch mit seiner Gesundheit und seinem Leben bezahlen. Sie, die Unzüchtige, verlangt, geliebt zu werden. Ständig beklagt sie sich darüber, daß ihr Ehemann sie nicht genug liebe. Und sie zahlt es ihm damit heim, daß sie ihn betrügt. Die Nation, die Blut vergossen hat, um die Sklaven zu befreien, hat die verheirateten Männer zu Sklaven gemacht. Die Frau mit dem liederlichen Lebenswandel ist zur Gottheit Amerikas und des modernen Menschen in einem großen Teil der Welt geworden. Die alten Idole waren aus Stein oder Gold, die Idole von heute sind raffinierte Kurtisanen.

Als ich endlich von Celia geschieden war, kam ich mir

wie ein freigelassener Sklave vor. Mein »guter Freund«, der böse Geist, argumentierte mit mir: »Laß dich jetzt, da du frei bist, nicht auf eine neue Bindung ein! Jetzt stehen dir alle Wege offen. Du bist noch relativ jung, du bist finanziell unabhängig. Die Frauen in Tel Aviv werden dich mit offenen Armen empfangen, desgleichen die Frauen in Paris, London und auf der ganzen Welt. Für eine Theaterkarte, einen Ausflug aufs Land, vielleicht auch für gar nichts kannst du viele von ihnen haben. Für dich ist jetzt die Zeit gekommen, zu *leben* und nicht im Sandzer Lernhaus zu verkümmern, während du in einer Gemara schmökerst, die vor zweitausend Jahren von Fanatikern verfaßt wurde, und zu einem Gott betest, der gar nicht existiert.«

So sprach der Große Dialektiker – Satan, dessen Art es ist, sich jedem Menschen an jedem Ort und in jeder Situation anzuhaften. Ich jedoch verspürte nicht mehr das geringste Verlangen nach den Kokotten in Tel Aviv oder Paris. Ich ekelte mich buchstäblich vor ihnen und ihren Umarmungen. Ich hatte ein Stadium erreicht, in dem mir die moderne Frau mit all ihren Mätzchen wie eine Schmierenkomödiantin vorkam. Sogar ihre Leidenschaftlichkeit kam mir verlogen vor. Leidenschaft kommt aus der Seele, und kalte Seelen können nicht lieben. Die unzähligen Bücher über Sex, die heutzutage veröffentlicht werden, die vielen Theaterstücke über dieses Thema und die zahlreichen Sexfilme beweisen nur das eine: daß der moderne Mensch mehr und mehr an Impotenz leidet; daß er immer mehr künstliche Anreize braucht. Ich denke oft daran, wie Celia und Liza darüber lamentierten, daß sie nicht zum Orgasmus gelangen konnten. Wer vierundzwanzig Stunden am Tag immer nur an Sex denkt, über Sex liest, über Sex spricht, Sex studiert und Sex atmet, kann ihn, wenn es *wirklich* darum geht, nicht mehr genießen. Wer den ganzen Tag zotig redet, kann durch einen gewagten Ausdruck nicht mehr sexuell erregt werden.

Als der böse Geist seine Taktik änderte und mir beweisen wollte, daß das ganze weibliche Geschlecht unzüchtig und boshaft sei, dachte ich an meine Mutter und meine Großmutter. Alles, was der Teufel, der jetzt in die Rolle des Antifeministen geschlüpft war, über die Weiber sagte, hatte nicht das geringste mit solchen altmodischen Frauen zu tun. Sie hatten unsere Großväter nicht versklavt, sondern ihnen geholfen, das tägliche Brot zu verdienen. Sie waren alles gleichzeitig: Ehefrauen, Brotverdiener, Mütter. Mein Vater hätte jahrelang von zu Hause fort sein können, ohne sich Sorgen machen zu müssen, daß ein anderer Mann seinen Platz einnehmen würde. Damals mußten viele verheiratete Frauen schon in jungen Jahren allein zurückbleiben, aber niemals haben sie mit anderen Männern gesündigt. Und wenn eine wirklich einmal vom schmalen Pfad der Tugend abwich, so war das eine seltene Ausnahme. Unsere Mütter und Großmütter trugen das Joch der Tora, des Brotverdienens, des Kinderaufziehens. Sie waren Heilige und brauchten nicht über so etwas wie Orgasmus nachzugrübeln.

So wie sie war auch meine Frau Sara, Reb Chaims Tochter, und so ist sie bis heute geblieben. In Jerusalem, ja sogar in New York, gibt es noch viele anständige jüdische Töchter wie Sara. Sie sind wie ihre Mütter, Großmütter und Urgroßmütter. Auf ihren schmalen Schultern tragen sie das, was von unserem Erbe übriggeblieben ist. Wenn sie – Gott behüte! – jemals verdorben würden, dann wären wir, auch wenn wir die stärkste Armee, die besten Universitäten und das produktivste Wirtschaftssystem hätten, als Volk erledigt.

Als ich den vermeintlich festen Entschluß gefaßt hatte, Sara zu heiraten, war mein erster Gedanke, einen Flirt mit ihr zu beginnen (wie sich das in Romanen abzuspielen pflegt). Wie hätte ich, Joseph Shapiro, heiraten können, ohne geliebt zu werden? Ich legte es darauf an, Sara zu begegnen und mit ihr ins Gespräch zu kommen. Wenn ich bei Reb Chaim zu Besuch war und Sara hereinkam, warf ich ihr Blicke zu und machte ihr sogar Komplimente. Wie alle modernen Männer, ob jung oder alt, hielt ich mich für einen Experten, wenn es darum ging, die Liebe einer Frau zu erwecken. Aber ich merkte bald, daß die übliche Methode in diesem Fall nichts nützte. Wenn ich Sara einen Blick zuwarf, erwiderte sie ihn nicht. Wenn ich ihr Komplimente machte, reagierte sie nicht darauf. Ich hatte den Eindruck, daß diese Frau alle weltlichen Finten durchschaute und dagegen immun war. Ich hätte ihr gern Gefälligkeiten erwiesen und Ratschläge erteilt, aber sie hatte weder Gefälligkeiten noch Ratschläge nötig. Ich hörte sie mit ihrer Mutter reden, aber die beiden sprachen bloß von einem Topf, einem Löffel, einem Sabbatmahl.

Der Böse sagte zu mir: »Siehst du, so sind sie, diese

frommen Frauen – vertrocknete Seelen, frigide, kein Blut in den Adern. So eine zu heiraten, hieße, mit einem Eisblock verheiratet sein.«

Worauf ich entgegnete: »Die Huren, *die* sind aus Eis.«

Ich hatte mir die notwendige Chuzpe angeeignet, von der ich vorhin gesprochen habe.

Der gute Geist sagte zu mir: »Joseph, solche Frauen ergattert man nicht mit Komplimenten. Sprich mit ihrem Vater oder schick einen Heiratsvermittler hin. Generationen von Juden haben auf diese Weise die Ehe geschlossen.«

»Und Jakob und Rachel? Und das Hohelied? Und König David und König Salomo?« konterte der böse Geist. »Wie war das denn mit den jungen Burschen und Mädchen, die einst in den Weinbergen des Landes Israel tanzten? Da haben die Mädchen gesagt: ›Blick doch auf, mein Freund!‹ . . . Waren denn nicht auch *sie* gute Juden? Müssen denn alle Juden Jeschiwaschüler und schüchterne Weibsleute bleiben? Wenn sie's geblieben wären, gäbe es dann den Staat Israel? Nein, ein einziger Tag würde genügen, um ihn zu zerschlagen. Für das Wohl dieses Staates ist ein einziger jüdischer Soldat mehr wert als Tausende von bigotten Chassidim. Israel braucht Soldaten, Ingenieure, Techniker, Flieger. Sie sind es, die das Land am Leben erhalten. Sie sind den Überlebenden des Holocaust zu Hilfe gekommen. Die Fanatiker tun doch nichts anders als ihre Gebete herunterzuleiern. Die Mädchen, die Militärdienst leisten, sind tausendmal besser als diese Sara, die du dir ausgesucht hast, und ihresgleichen. Daß sie in die *mikwe* geht und sich die Haare schert, nützt keinem etwas. Während jüdische Männer und Frauen ihr Blut für dieses Land vergossen, haben sich Leute wie Reb Chaim und seine Tochter im Keller verkrochen und auf Wunder gewartet – bereit, ohne den geringsten Widerstand ums Leben zu kommen, wie Schafe, die zur Schlachtbank geführt werden. Ist das vorbildlich? Ist das wirklich notwendig? Bist du absolut sicher, daß der Allmächtige es so will?«

Ja, wenn es dem bösen Geist in den Kram paßt, kann er ein leidenschaftlicher Zionist, ein glühender Patriot werden.

Ich hörte mir an, was er noch alles vorzubringen hatte: »Dank der Tatsache, daß die weltlichen Juden dieses Land aufbauen, daß sie kämpfen, studieren und arbeiten, können die Schmarotzer aus dem Sandzer Lernhaus sich in Frömmigkeit üben und auf Kosten anderer Leute leben. Du, Joseph Shapiro, bist doch noch ein junger, gesunder Mann. Du hast Erfahrung im Bauwesen. Und du verfügst über Kapital. Du solltest lieber beim Aufbau des Landes helfen. Auch ohne dich gibt es hier genug Leute, die psalmodieren und sich an die Brust schlagen. Wenn du unbedingt ein Idealist sein mußt, dann werde doch Siedler in einem Kibbuz. Die Mädchen dort sind nicht so wie Celia und Liza. Sie heiraten aus Liebe, und die meisten von ihnen nehmen die Ehe ernst. Sie heiraten nicht um des Geldes oder um einer Karriere willen. Und es ist auch keine Tragödie, wenn die Liebe aufhört und man auseinandergehen muß. Nichts dauert ewig. Die Ehescheidung hat es auch bei den strenggläubigen Juden gegeben. Die Idee, daß das, was Gott zusammengefügt hat, der Mensch nicht scheiden soll, stammt aus dem Neuen Testament und steht in krassem Gegensatz zur Jüdischkeit und zur Willensfreiheit. Auch in Meah Schearim werden Ehen geschieden.«

Wie heißt es in den Sprüchen Salomos? »Wer daherschwätzt, verwundet wie Schwertstiche.« Solche Redereien gehen einem durch und durch; sie stoßen die Pläne um, die man gemacht hat, sie wirken demoralisierend. In jenen Tagen und Wochen habe ich solche Worte oft vernommen. Sie bestürzten und enervierten mich derart, daß ich wie gelähmt war. Worte schleuderten mich vom Heißen ins Kalte, wie es über die Sünder in der Gehenna geschrieben steht. Eben noch entschlossen, zu Reb Chaim zu gehen und ihn um die Hand seiner Tochter zu bitten, war ich im nächsten Moment drauf und dran, nach Tel Aviv, wenn nicht sogar nach New York zurückzukehren. Nachts wachte ich auf und malte mir die Wonnen aus, die ich früher mit Frauen genossen hatte und die ich auch in Zukunft genießen könnte. Plötzlich war mein Zorn auf die moderne Frau verflogen, und ich begann, ihre Vorzüge aufzuzählen: ihren Schick, ihre Kultiviertheit, ihre Fähigkeit, dem Mann die Stirn zu bieten und sein Verlangen nach ihr anzufachen. Selbst Promiskuität und Falschheit erschienen mir jetzt nicht mehr ganz so abscheulich. Das gehörte eben alles zum großen sexuellen Wettstreit, zum ewigen Drama zwischen »ihm« und »ihr«. Ich war verblüfft darüber, wie rasch meine Empfindungen von einem Extrem ins andere verfielen.

Ich schlief schlecht und stand spät auf. Ich hatte nicht mehr das Bedürfnis, zu beten. Es war mir lästig geworden, den Gebetsschal und die Gebetsriemen anzulegen. Als ich die *Gemara* aufschlug, um über die Sabbatgebote und das Schlachten des Pessachlammes nachzulesen, wurde ich schläfrig. »Das ist nichts für dich! Nichts für dich!« rief die Stimme in mir.

Eines Morgens vergaß ich (das heißt, ich verdrängte den Gedanken daran), zum Beten zu gehen. Statt dessen machte ich einen Spaziergang durch das moderne Jerusalem. Häuser wurden gebaut, Hotels. In den Schaufenstern waren so ziemlich die gleichen Waren ausgestellt wie in Tel Aviv und in New York. Die Straßen waren hier breiter und sauberer. Der Frühling stand vor der Tür.

Plötzlich hörte ich jemanden rufen: »Mr. Shapiro!« Ich drehte mich um. Es war Priscilla, die junge Frau, die ich im Flugzeug kennengelernt hatte.

Mein erster Gedanke war, nicht zu antworten und einfach davonzulaufen. Aber dann schlug ich meine guten Vorsätze in den Wind, ging auf Priscilla zu und begrüßte sie. Sie hielt mir die Wange zum Kuß hin, und ich küßte sie. Eben noch ein Jude wie mein Großvater, war ich im nächsten Moment wieder ein Mensch des zwanzigsten Jahrhunderts.

»Sie lassen sich einen Bart wachsen?«

»Ja.«

»Steht Ihnen gut. Warum haben Sie mich nicht angerufen? Sie hatten es doch versprochen.«

Ich wollte ihr sagen, daß ich in New York schon genug

Zügellosigkeit erlebt hatte und daß ich hier in Jerusalem nichts mehr damit zu tun haben wollte; doch statt dessen gab ich vor, den Zettel mit ihrer Telefonnummer verloren zu haben. Ich merkte ihr an, daß sie sich über dieses zufällige Wiedersehen freute und daß ich sie nicht so schnell loswerden würde. Als wir an einem Café vorbeigingen, sagte sie: »Kommen Sie – trinken wir einen Kaffee!«

»Geh nicht mit!« rief der gute Geist, aber meine Füße schlugen ihren eigenen Weg ein. Und schon saßen wir an einem Tisch. Eine Bedienung kam und fragte nach unseren Wünschen. Priscilla bestellte Kaffee, ich Tee. Dann bestellte sie sich noch eine Portion Eis.

»Wie geht's Ihrem Professor?« fragte ich.

»Ach, Bill geht's gut. Er hat schon eine Menge Hebräisch aufgeschnappt. Bald wird er so gut Hebräisch sprechen wie ein Sabre. Für mich klingt diese Sprache allerdings wie Chinesisch. Zum Glück können hier alle Englisch. Die Leute in der Universität und auch die Leute auf der Straße. Mit Englisch und mit Dollars kommt man eben überall durch.«

Sie lächelte, ganz offensichtlich befriedigt darüber, daß sie der englischsprechenden Dollar-Nation angehörte. Dann erzählte sie mir, sie habe die Wohnung eines Chemieprofessors gemietet, der zu Studienzwecken für ein Jahr nach Deutschland gegangen sei.

»Wie kann ein Professor der Jerusalemer Universität in ein Land gehen, in dem es von Nazimördern nur so wimmelt?«

»Ach«, sagte sie, »solche Ressentiments kann man doch

nicht ewig hegen. Viele Professoren aus Israel nehmen an Fortbildungskursen in Deutschland teil.«

Der Ausdruck »solche Ressentiments« klang bei ihr so, als ob es sich um belanglose Kabbeleien handelte. Die Millionen ermordeter und geschundener Juden, die vergasten und verbrannten Opfer sadistischer Experimente kümmerten sie so wenig wie der Schnee vom letzten Jahr. Sie fühlte sich in Jerusalem wie zu Hause, und der Professor, der ihr seine Wohnung vermietet hatte, fühlte sich zweifellos in Bonn oder Hamburg oder sonstwo in Deutschland ebenfalls wie zu Hause. Wahrscheinlich hatte er sich dort schon ein Fräulein zugelegt, das »mein Schatz« zu ihm sagte.

Ich fragte Priscilla: »Wie geht's denn dem dunkelhaarigen jungen Mann, der während des Flugs von Rom nach Tel Aviv neben Ihnen saß?«

»Ach, Sie haben mir wohl nachspioniert? Sie waren plötzlich verschwunden, und ich bekam einen anderen Platz zugewiesen. Stellen Sie sich vor, dieser Mann ist ebenfalls Dozent an der Universität. Als er erfuhr, zu wem ich reiste, wich er mir nicht mehr von der Seite.«

Ich merkte ihren Augen an, daß sie prahlen wollte. Es gehört eben zum Untreusein, daß man sich damit brüstet – die Männer ebenso wie die Frauen. Das gilt übrigens für alle Verbrechen. Viele Verbrecher sind nur deshalb erwischt und verurteilt worden, weil sie mit ihrer Tat geprahlt haben. Das erklärt sich daraus, daß es eigentlich wenig Vergnügen macht – nicht einmal körperliches Vergnügen – ein Verbrechen zu begehen. Man muß damit prahlen, um mehr Vergnügen daran zu finden. Erst wenn man von jemandem um etwas beneidet wird, glaubt man, es wirklich genossen zu haben.

Ich hörte Priscilla zu und sah ihre Augen funkeln. Sie sprach mit gedämpfter Stimme, in vertraulichem Ton. Der junge Mann, der im Flugzeug neben ihr gesessen habe, heiße Hans. Er sei als kleiner Junge zusammen mit seinen Eltern aus Deutschland nach Palästina gekommen. Andere hätten ihre Namen geändert, er jedoch habe den Namen Hans beibehalten. Er studiere in Israel. Hebräisch sei gewissermaßen seine Muttersprache. Aber er spreche auch ausgezeichnet Deutsch, Englisch und Französisch. Er studiere Psychologie, Anthropologie und wer weiß was sonst noch. Einer, der sein Studium ernst nehme. Er sei verheiratet gewesen, aber die Ehe sei geschieden worden. Mit seiner Frau und ihm habe es nicht so recht geklappt. Er habe eine dreijährige Tochter. Er sei ungewöhnlich intelligent und wirklich geistreich. Seine Wortspiele seien einfach genial. Er wolle Diplomat werden.

»Sie haben also eine Affäre mit ihm?«

»Ich muß wirklich verrückt sein. Anders kann ich's mir nicht erklären. Bill ist in jeder Hinsicht wunderbar – gütig, zärtlich, anhänglich. Und obendrein ein fabelhafter Liebhaber. Aber er hat eben zuviel zu tun, während ich viel Zeit habe. Hans hat auch genug Zeit. Er ist nicht so ehrgeizig wie Bill und außerdem der geborene Playboy. Er hat eine Wohnung und genehmigt sich gern einen Schluck. Ja, wir treffen uns. Ich habe ihn Bill vorgestellt, und der ist kein bißchen eifersüchtig. Er weiß natürlich nicht, was wir treiben. Er und Hans sind gute Freunde geworden. Sie haben sich erst durch mich kennengelernt. Merkwürdig, was? Eine Universität ist wie eine Stadt. Nicht einmal die Professoren kennen einander.«

»Müssen Sie unbedingt zwei Männer haben?«

»Nicht unbedingt, aber es macht Spaß. Bill befriedigt mich völlig, aber es ist mir ganz angenehm, mich tagsüber, wenn er arbeitet, mit Hans zu treffen. Wir müssen vorsichtig sein, aber Jerusalem ist ja eine große Stadt. Er hat die erlesensten Spirituosen in seiner Wohnung. Bill trinkt nicht, Hans dagegen hat eine Vorliebe für Kognak. Wir trinken, und dann vergessen wir uns. Schauen Sie mich doch nicht so streng an! Ich bringe niemanden um. Bill hat ja auch andere Frauen gehabt, als ich noch in New York war. Er hat mir sogar seine frühere Freundin vorgestellt. Sie ist mit einem Psychologieprofessor verheiratet. Und was machen Sie? Wie geht's Ihnen hier im Heiligen Land?«

»Nicht schlecht.«

»Haben Sie Freunde gefunden?«

»Ja, ›Freunde‹.«

»Erzählen Sie mir davon! Solche privaten Dinge interessieren mich. Immerhin haben wir beide einige Zeit miteinander verbracht. Wenn's nicht plötzlich Tag geworden wäre, hätten wir vielleicht . . .«

Sie sprach nicht zu Ende. Ihr Blick wirkte amüsiert. Ich wollte sie auf die Probe stellen. »Sie sind mir noch Liebe schuldig.«

Ein Lächeln huschte über ihr Gesicht. »Schuldig? Ich

bin niemandem etwas schuldig. Aber ich werde mich immer an diese erstaunlichen zwei Stunden erinnern, die ich mit Ihnen verbracht habe. Ein Flugzeug ist nicht der geeignete Ort für ein Liebesabenteuer. Zu viele Schwierigkeiten. Ausgesprochen unbequem.«

»Würden Sie mit zu mir kommen?«

»Wo wohnen Sie?«

Ich sagte es ihr, worauf sie erklärte: »Dazu habe ich wirklich keine Zeit. Für mich sind zwei Männer mehr als genug. Außerdem nehme ich Hebräisch-Kurse, und das kostet mich auch viel Zeit. Aber wir brauchen trotzdem nicht wie Fremde auseinanderzugehen. Jeder Mann, der mich geküßt hat – auch wenn es nur ein einziges Mal war –, behält einen Platz in meinem Herzen. So etwas vergesse ich nie. Vor einiger Zeit habe ich, als ich im Bett lag, an Sie gedacht. Der Mensch ist doch ein merkwürdiges Wesen, nicht wahr?«

»Ja, sehr merkwürdig.«

»Ich bin sicher, daß Sie mich insgeheim verdammen. Sie halten mich bestimmt für eine Hure oder so was Ähnliches. Aber glauben Sie mir, Sie irren sich. Auf meine Art bin ich Bill treu. Und Hans ebenfalls. Ich betrüge keinen von beiden. Ich schenke mich jedem von ihnen ganz. Aber das ›Ich‹ ist etwas sehr Kompliziertes. Wenn ich mit Bill zusammen bin, dann bin ich es mit Leib und Seele. Und wenn ich mit Hans zusammen bin, gehöre ich auch ihm ganz und gar. Jeder Mann geht dabei auf eine andere Art und Weise vor, und es ist wirklich faszinierend, wieviel Individualität auch beim Geschlechtsakt zum Ausdruck kommt. Bill zum Beispiel sagt kein Wort, wenn wir uns lieben. Er hält den Mund. Er möchte, daß es in der Wohnung völlig oder wenigstens einigermaßen dunkel ist. Und er nimmt die ganze Sache sehr ernst. Es stört ihn, wenn ich etwas sage oder einen Witz mache. Hans ist das genaue Gegenteil. Er redet solchen Unsinn, daß ich die ganze Zeit lachen muß. Für ihn gehört Humor zum Geschlechtsakt. Ich mag die Leichtherzigkeit, mit der an die Sache herangeht. Und daß sich das alles in einer so heiligen Stadt wie Jerusalem abspielt, steigert meine sexuelle Erregung. Aber ich bin sicher, daß Gott nichts dagegen hat. Für Ihn ist die Erde bloß ein Staubkörnchen und der Mensch bloß einer von unzähligen Würmern. Wer schert sich schon darum, ob Würmer kopulieren?«

»Würmer betrügen ihre Paarungspartner nicht.«

»Ich versuche doch bloß, ein Argument anzubringen. Es gibt ja gar keinen Gott. Davon bin ich völlig überzeugt. Für die Juden ist Jerusalem eine heilige Stadt, und für die Araber ist Mekka heilig.«

»Wenn es keinen Gott und keine göttlichen Gesetze gibt, was kann man dann eigentlich gegen Hitler haben? Hätte er dann nicht alles tun dürfen, was er wollte?«

»Ach, Hitler war eine Bestie.«

»Wenn er den Krieg gewonnen hätte, würde man ihn heute vergöttern. Die Professoren würden tausend Rechtfertigungen für ihn finden. Es werden ja ohnehin schon viele Bücher über ihn geschrieben – eine ganze Hitler-Literatur ist im Entstehen begriffen.«

»Ja, er ist endgültig in die Weltgeschichte eingegangen.

Ein Geschichtsprofessor kann Hitler nicht einfach übergehen. Und er muß die Umstände erforschen, die einen Hitler möglich gemacht haben. Hans sagt, Hitler sei impotent gewesen.«

»So? Sagt er das? Er muß es ja wissen.«

»Hitler hat eine Freundin gehabt, Eva Braun, aber vielleicht war das Ganze bloß platonisch.«

»Hätten Sie Hitlers Geliebte sein können?«

Priscilla sah mich belustigt an. »Sie haben aber komische Ideen.«

»Hätten Sie es nicht interessant gefunden, eine Nacht mit ihm zu verbringen?«

»Ach wissen Sie, in diesem Zusammenhang habe ich nie an ihn gedacht. Er ist absolut nicht mein Typ.«

»Aber wenn Sie mit ihm in einem Flugzeug säßen und niemand zuschauen würde, dann wären Sie doch sicher neugierig darauf, wie sich ein solcher Typ an eine Frau heranmacht.«

»Ach, Sie sind heute so sarkastisch! Nein, Hitler ist bestimmt nicht mein Typ. Da hätte ich mich schon eher mit Mussolini eingelassen. Es heißt, daß er tausend Frauen gehabt haben soll. In ganz Italien hat er Agenten herumgeschickt, um die Opfer auszusuchen. Und er war gar nicht wählerisch.«

Sie nippte an ihrem Kaffee, dann zündete sie sich eine Zigarette an. »Ihnen muß irgend etwas passiert sein.«

»Mir ist nichts passiert. Aber meinem Volk. Eine große Tragödie. Gott hat uns aus allen Völkern erwählt und von uns erwartet, daß wir nicht die gleichen Freveltaten begehen wie sie. Und dennoch tun wir oft das gleiche wie diejenigen, die uns verfolgen. Er bestraft uns immer wieder, und wir sündigen immer wieder. Die Übeltäter schlagen uns, erstechen uns, verbrennen uns, und dennoch versuchen viele von uns, es ihnen nachzumachen. In unserer Zeit hat man uns das Schlimmste angetan, was man einem Volk antun kann, aber wir haben trotz allem nichts daraus gelernt.«

»Ach, ich hab' gleich gemerkt, daß Sie heute irgendwie bedrückt sind. Waren Sie dabei, als Gott uns auserwählt hat? Das wissen Sie alles bloß aus der Bibel, und die ist ein Buch wie jedes andere auch. Von Menschen geschrieben, nicht von Gott. Ich bin kein Bibelexperte, aber man braucht doch bloß zwei Seiten zu lesen, um zu merken, daß es sich um Aussagen und Vorstellungen von Menschen handelt. Bei den Christen gehört auch das Neue Testament zur Bibel, und für vier Millionen Moslems ist der Koran die Bibel.

Es gibt keinen Beweis dafür, daß die Leiden der Juden eine Strafe des Himmels gewesen sind. Die Juden waren ein kleines Volk, und das haben sie von den Ägyptern, Persern, Babyloniern, Griechen und Römern zu spüren bekommen. Die anderen kleinen Völker haben sich assimiliert und sind in größeren Völkern aufgegangen, die Juden hingegen waren Masochisten. Sie haben sich gern Schläge versetzen lassen. Ich bin überzeugt, daß auch dieses Experiment mit dem Staat Israel nicht von langer Dauer sein wird. Wieder ist Israel von Abermillionen Feinden umzingelt, und Ihr Gott wird ebenso gleichgültig zusehen, wenn der Staat Israel vernichtet wird, wie Er zugesehen hat, als die Gettos in Polen dem Erdboden gleichgemacht wurden. Ich fürchte tatsächlich, daß es schon morgen oder übermorgen passieren wird. Wenn ich einen Jet dröhnen höre, habe ich jedesmal das Gefühl, daß es schon begonnen hat.«

Nach diesen Worten sah mich Priscilla vorwurfsvoll an. Ihr Blick schien zu fragen: »Was können Sie darauf erwidern? Wie können Sie so sicher sein, daß das, was ich gesagt habe, nicht die ganze, bittere Wahrheit ist?«

16

»Priscilla«, sagte ich, »vielleicht ist das, was Sie gesagt haben, wirklich die bittere Wahrheit. Weder Sie noch ich sind droben im Himmel gewesen. Ich bin noch nicht so fromm, daß ich keinerlei Zweifel mehr hegen würde. Aber selbst wenn ich wüßte, daß es keinen Gott gibt, oder wenn ich wüßte, daß es einen gibt, der aber auf seiten Hitlers steht – selbst dann würde ich mich weigern, gemeinsame Sache mit denen zu machen, die Mord, Lüge, Betrug, Diebstahl und dergleichen zulassen. Wenn es keinen Gott gibt oder wenn Gott amoralisch ist, dann möchte ich jenem Idol dienen, in dem sich moralisches Denken verkörpern soll, Wahrheitsliebe und Mitleid mit Mensch und Tier. Anständige Juden haben seit viertausend Jahren diesem Idol gedient. Um dieses Idols willen sind sie auf den Scheiterhaufen gestiegen.«

»Lohnt es sich, wegen eines Idols auf den Scheiterhaufen zu steigen?«

»Ja, Priscilla. Wenn Millionen Deutsche sich für das Idol Hitler und wenn viele Millionen Russen sich für das Idol Stalin geopfert haben, dann bin *ich* bereit, mich für das Idol zu opfern – oder wenigstens dafür zu leiden –, in dessen Namen uns die Zehn Gebote und die Tora gegeben wurden. Wenn es schon das Los des Menschen ist, Idolen zu dienen, dann will ich ein Idol haben, das meinen Vorstellungen entspricht, und keines, das vierundzwanzig Stunden am Tag meinen Abscheu erregt.«

»Warum überhaupt einem Idol dienen? Ich diene niemandem.«

»O doch. Sie haben Jahre geopfert, um Fremdsprachen zu erlernen. Sie und Ihresgleichen verplempern Ihr Leben mit Vergnügungen, die in Wirklichkeit keine sind. Leute wie Sie lassen sich die Nase operieren, damit sie kürzer wird. Ihr führt einen hoffnungslosen Krieg gegen das Altern. Viele Ihresgleichen haben im Namen des Kommunismus, des Nazismus und anderer ›Ismen‹ ihr Leben verloren. Jede hohle Devise, jede blödsinnige Theorie fordert ihre Opfer, und es mangelt nie an Freiwilligen, die sich dafür hergeben. Die Krankenhäuser und Gefängnisse sind vollgestopft mit Menschen, die wegen ein paar Dollars, wegen einer Frau, wegen eines Glücksspiels oder eines Pferderennens, aus Rachsucht, wegen Drogenmißbrauchs oder weiß der Teufel warum zu Opfern geworden sind. Jede neue Erfindung fordert unzählige neue Opfer. Durch das Automobil sind bereits Millionen ums Leben gekommen. Auch das Flugzeug ist ein Todesengel. Der Alkohol bringt Millionen von Menschen um. Tausende von Frauen sterben bei Abtreibungen. Unzählige Männer und Frauen haben an Geschlechtskrankheiten gelitten und sind daran gestorben, und Unzählige leiden noch heute daran. Das ›Idol‹, dem *ich* dienen möchte, ist ein Idol des Lebens und der Treue. Es fordert keine Opfer. Es ist kein Moloch. Es verlangt nur, daß wir unser Glück nicht auf das Unglück anderer gründen.«

»Das ist nicht Religion sondern Moral.«

»Es gibt keine Moral ohne Religion. Wer dem einen Idol nicht dient, dient einem anderen. Von allen Lügen dieser Welt ist das Gerede von der Humanität die größte. Der Humanismus dient nicht nur einem sondern allen Idolen. Alle waren sie Humanisten – Mussolini, Hitler, Stalin. Und was sind denn die Patrioten sämtlicher Länder? Hunderttausende von Engländern mußten ihr Leben lassen, damit Victoria sich ›Kaiserin‹ nennen konnte. Napoleon hat Millionen in den Tod geschickt, damit er sich eine Krone aufsetzen konnte. Der fromme Jude, der ›Talmud-Jude‹, hat niemals einem König oder Fürsten gedient. Diese Juden wurden in den Tod getrieben, aber sie sind wenigstens nicht freiwillig gegangen.«

»Heißt das, daß Sie einer von diesen frommen Juden werden wollen, die hier im langen Kaftan und mit Schläfenlocken herumlaufen?«

»Ja, genau das.«

»Na, dann viel Glück! Aber das ist doch bloß eine plötzliche Idee, die Ihnen in ein paar Tagen, allerhöchstens ein paar Wochen vergangen sein wird.«

»Ich will nie wieder so werden wie Sie.«

Wir sagten uns ade, und jeder ging seines Weges. Ich war beschämt darüber, daß ich ihr eine solche Lektion erteilt hatte, aber manchmal verhilft einem das Reden dazu, die Dinge klarer zu sehen. Ja, ich war bereit, ein Jude zu werden – auch wenn die Tora vielleicht nur ein Phantasieprodukt war, auch wenn es vielleicht gar keinen Gott gab.

An diesem Abend erzählte ich Reb Chaim alles, was mir widerfahren war. Und ich sagte ihm, daß ich seine Tochter heiraten wollte.

Das ist, glaube ich, so ungefähr alles, was ich Ihnen erzählen wollte. Nach der Scheidung von Celia habe ich Sara geheiratet. Wie Sie sehen, habe ich mir einen Bart und Schläfenlocken wachsen lassen, einen Kaftan angezogen und ein für allemal mit allem gebrochen, was mit dem modernen Judentum zu tun hat.

Ich will Ihnen nichts vormachen: All das ist mir nicht leichtgefallen. Es hat Tage gegeben, an denen ich nahe daran war, Sara zu verlassen und schleunigst in die Gehenna zurückzukehren. Es hat Nächte gegeben, in denen ich kein Auge zugetan und mich wie im Fieber herumgeworfen habe. Jeder weiß, daß man vom Zigarettenrauchen Krebs bekommen kann, aber Hunderte von Millionen können sich diesen angeblichen Genuß trotzdem nicht abgewöhnen. Jeder weiß, daß übermäßiges Essen Herzbeschwerden verursacht, aber Millionen Menschen stopfen trotzdem alle möglichen ungesunden Speisen in sich hinein. Jeder weiß, daß der Kommunismus seine Anhänger umbringt, aber wenn Rußland den modernen Juden nur ein bißchen entgegenkäme, würden sich viele mit der gleichen Begeisterung wie früher diesem Götzendienst verschreiben. Möglich, daß die Leute in jenem Kibbuz mittlerweile das Stalinporträt entfernt haben, aber nach dem Götzendienst der Roten gelüstet es sie sicher immer noch. Ich sage das, weil es mich damals – obwohl ich schon seit Jahren wußte, daß das, wonach es mich gelüstete, ein tödliches Gift war – immer noch nach diesem Gift gelüstet hat. Doch ich hatte, wie man so sagt, alle Brücken hinter mir abgebrochen.

Wie gesagt, ich habe Sara geheiratet. Und bald war sie schwanger. Wir haben drei Kinder, und das vierte ist unterwegs. Ich habe einen großen Teil meines Geldes aufgebraucht. Ich habe etliche Zähne verloren und sie nicht durch falsche ersetzen lassen. Wozu auch? Ich will niemandem mehr gefallen und habe es auch nicht nötig. Meine Frau hat auch nicht mehr alle Zähne, aber für mich ist das kein Grund, sie weniger zu lieben oder ihr untreu zu werden.

Es ist eine der albernsten Leidenschaften des modernen Menschen, Zeitungen zu lesen, um die neuesten Nachrichten zu erfahren. Die Nachrichten sind immer schlecht und vergiften einem das Leben, aber der moderne Mensch kommt nicht ohne dieses Gift aus. Er muß über sämtliche Morde, sämtliche Vergewaltigungen Bescheid wissen. Er muß sich über jede Verrücktheit und jede falsche Theorie informieren. Die Zeitung genügt ihm nicht. Er hört sich im Radio und im Fernsehen noch mehr Nachrichten an. Und jede Woche erscheinen Nachrichtenmagazine, in denen man nochmals lesen kann, was für ein Verbrechen dieser und jener Missetäter begangen und was jeder Schafskopf gesagt hat. Der Politikfimmel hat sogar unsere sogenannte Orthodoxie gepackt. Und erst recht der Geldfimmel. Wenn man die orthodoxe Presse liest, posaunt einem jeder Artikel, jeder Bericht nur diese eine Botschaft in die Ohren: »Spendet Geld!« Sie brauchen enorme Beträge, um Jeschiwess zu errichten, um – wie sie es nennen – die Jüdischkeit zu bewahren. Das ist eine einzige große Lüge. Die geräumigen Jeschiwess, die hellen Klassenzimmer, das gute Essen, die Prüfungen – alles ist Nachäfferei. In Amerika gibt es bereits orthodoxe Colleges oder Universitäten, in denen man die jungen Leute ein bißchen Tora und viel »Gojischkeit« lehrt. Auf diese Weise sollen die Studenten lernen, sich sowohl auf das weltliche Leben wie auch auf Gott einzustellen. Tatsächlich aber kann man sich, wenn man sich einmal der Welt angepaßt hat, nicht mehr auf Gott einstellen. Die Kinder, die hier in Israel das moderne Hebräisch in der sefardischen Aussprache plappern, werden früher oder später all die kitschigen Bücher lesen, die hier übersetzt werden. Das Hebräische muß eine heilige Sprache bleiben und darf nicht zum Nachtclub-Jargon verkommen.

Ich hatte Priscilla, dieser Dirne, erklärt, daß der Gott der Juden mein »Idol« sei. Vielleicht habe ich das damals wirklich so gemeint. Zum Glauben zu gelangen, ist keine leichte Sache. Noch lange, nachdem ich ein Jude mit Bart und Schläfenlocken geworden war, fehlte mir der Glaube. Doch allmählich wuchs er in mir. Das Handeln kommt immer zuerst. Lange bevor ein Kind weiß, daß es einen

Magen hat, nimmt es Nahrung zu sich. Lange bevor man zum absoluten Glauben gelangt, muß man jüdisch handeln. Jüdischkeit führt zum Glauben. Ich weiß jetzt, daß es einen Gott gibt. Ich glaube an Seine Vorsehung. Immer wenn ich bekümmert bin oder wenn eines meiner Kinder krank ist, bete ich zum Allmächtigen.

Ich will Ihnen nicht weismachen, daß mein Glaube absolut ist. Es gibt vielleicht gar keinen absoluten Glauben. Aber mein Glaube ist heute stärker denn je. Darwin und Karl Marx haben das Geheimnis der Welt nicht enthüllt. Von allen Theorien über die Entstehung der Welt ist die in der *Genesis* entwickelte Theorie die gescheiteste. Das ganze Gerede über den Urnebel und den Urknall ist doch absurd. Wenn jemand auf einer Insel eine Uhr finden und dann behaupten würde, sie sei ganz von selbst entstanden oder habe sich durch Evolution entwickelt, würde man ihn für verrückt halten. Aber der modernen Naturwissenschaft zufolge soll sich das Universum ganz von selbst entwickelt haben. Ist das Universum denn weniger kompliziert als eine Uhr?

Ich weiß, was Sie mich fragen wollen. Ob ich noch an Sex interessiert bin. Glauben Sie mir, eine reine, anständige Frau kann einem Mann mehr körperliche Befriedigung verschaffen als alle raffinierten Huren der Welt. Wenn ein Mann mit einer modernen Frau schläft, liegt er eigentlich mit allen ihren Liebhabern im Bett. Deshalb gibt es heutzutage so viele Homosexuelle. Weil der moderne Mann in Gedanken mit unzähligen anderen Männern schläft. Ständig will er mit seiner Manneskraft auftrumpfen, weil er genau weiß, daß seine Partnerin ihn mit den anderen vergleicht. Das ist auch der Grund dafür, daß so viele an Impotenz leiden. Man hat den Sex zu einem Marktplatz gemacht, auf dem man miteinander konkurriert. Der Mann von heute muß sich einreden, daß er der großartigste Liebhaber ist und daß Casanova im Vergleich zu ihm ein Abc-Schütze war. Davon versucht er auch die Frau zu überzeugen, aber die weiß Bescheid.

Die Frau ist in der gleichen Lage. Sie weiß, daß ihr Mann viele andere Weibsbilder hat (und hatte), und mit denen will sie konkurrieren: gewiefter sein als sie, hübscher sein als sie. Der moderne Mensch hat den Konkurrenzkampf in Lebensbereiche hineingetragen, in die er nicht gehört. Das moderne Leben ist eine unaufhörliche Folge von Wettbewerben, bei denen es darum geht, wer der Größte und Stärkste ist, wer es schafft, die anderen auszustechen. Die Frau von heute wünscht sich sehnlichst, das schönste Geschöpf auf Erden zu sein.

Bei den Juden, mit denen ich mein Leben teile, gibt es keine »Großen« und keine »kleinen Leute«. Der eine verbringt mehr Zeit mit dem Torastudium, der andere mit dem Rezitieren von Psalmen. Der eine hat mehr Zeit zum Lernen, der andere muß arbeiten, um sein tägliches Brot zu verdienen. Keiner stellt Vergleiche an, keiner mißt sich mit den anderen. Und was das Wichtigste ist: Keiner jagt dem Geld nach. Sie haben sich von der schlimmsten menschlichen Leidenschaft befreit: dem Verlangen, reich zu sein.

Ich wäre ein Lügner, wenn ich Ihnen erzählen würde,

bei uns sei alles eitel Freude und Sonnenschein. Auch bei uns gibt es schlechte Menschen. Der böse Geist ist nicht liquidiert worden. Sogar beim Studium der Gemara kommen mir nichtsnutzige Gedanken, die eher zu einem Taugenichts passen. Keine Minute vergeht ohne irgendeine Versuchung. Satan greift unentwegt an. Er wird nie müde. Aber ich habe mich mit Banden an die Jüdischkeit gebunden, die schwer zu zerreißen sind. Diese Bande, das sind mein Bart, meine Schläfenlocken, meine Kinder – und mittlerweile auch mein Alter.

Manchmal sagt der Böse zu mir: »Was wird sein, Joseph Shapiro, wenn du stirbst und wenn es kein Danach gibt? Ein Haufen Staub wirst du sein, blind, stumm, ein Klumpen Dreck.«

Ich lasse ihn ausreden und erwidere: »Meine Sterblichkeit wäre kein Beweis dafür, daß Gott tot und das Universum ein physikalischer oder chemischer Zufall ist. Ich erkenne ein Walten und einen Zweck in allem Sein, in Mensch und Tier und auch in den unbelebten Dingen. Gottes Barmherzigkeit ist uns oft verborgen, doch Seine unendliche Weisheit ist jedermann sichtbar, auch wenn man Ihn »Natur«, »Substanz«, »Das Absolute« oder sonstwie nennt. Ich glaube an Gott, an Seine Vorsehung und an den freien Willen des Menschen. Ich habe die Tora und ihre Kommentare akzeptiert, weil ich überzeugt bin, daß man keine bessere Wahl treffen kann. Dieser Glaube wächst unentwegt in mir.«

Glossar

Achtzehngebet (Achtzehn-Bitten-Gebet), neben dem Hauptgebet »Schema Israel« (Höre, Israel) das wichtigste Gebet im synagogalen Gottesdienst.

Aschkenasim hebr. Die mittel- und osteuropäischen Juden, im Unterschied zu den Sefardim (s. d.)

Baalschem Tow hebr. »Meister des (göttlichen) Namens«. Israel ben Elieser Baalschem (1699–1760) war der Begründer des osteuropäischen Chassidismus.

Chassid hebr. »Frommer«. (Plural: *Chassidim*) Hier die Anhänger der religiösen Bewegung, die um 1740 von Israel Baalschem Tow gegründet wurde und in Osteuropa weite Verbreitung fand.

Cheder hebr. »Stube«. Lehrstube der Elementarschule für Knaben (4.–13. Lebensjahr).

Chmielnicki, Bogdan (1593–1657), Kosakenführer, der im 17. Jh. in der Ukraine Aufstände gegen Polen auslöste, in deren Verlauf es zu Judenpogromen kam, bei denen über zweihundert Gemeinden ausgerottet wurden.

Gaon hebr. (Plural: *Gaonim*) Titel der Oberhäupter hoher rabbinischer Schulen im frühen Mittelalter. Später geläufige Bezeichnung für große Gelehrte.

Gehenna hebr. »Gehinnom«, Tal der Söhne Hinnoms. Tal im Süden Jerusalems, wo Moloch Kinderopfer dargebracht wurden (2. Kön. 23, 10). Metaphorisch: Stätte der Pein für die Bösen nach dem Tode; Bezeichnung für die Hölle.

Gemara hebr. »Erläuterung«. Diskussion der babylonischen und palästinischen Talmudisten über die Mischna (s. d.), mit der zusammen die Gemara den Talmud bildet, die mündlich überlieferte Lehre. Gemara bezeichnet auch den Talmud überhaupt.

Haman Minister des Perserkönigs Achaschwerosch. Wollte die Juden des Landes an einem einzigen Tag ausrotten, weil der Jude Mordechai sich nicht vor ihm verbeugen wollte. Als der König durch seine zweite Gemahlin Esther, die Nichte Mordechais, von Hamans Plan erfuhr, wurde der Minister an dem Galgen, den er für Mordechai vorgesehen hatte, aufgehängt. Boten verkündeten im ganzen Land die Aufhebung des von Haman erlassenen Befehls. Mordechai trat in Hamans Rang. Das wird im Buch Esther berichtet.

Hillel (Ende des 1. Jhs. v. Chr./Anfang des 1. Jh. n. Chr.). Eine der größten rabbinischen Autoritäten aus der Zeit vor der Zerstörung des Tempels.

Isaak Luria (Isaak ben Salomo Luria Aschkenasi, 1534–1572). Haupt der kabbalistischen Schule von Zefat (Safed) in Obergaliläa.

Isserles, Mosche (Mose ben Israel Isserles, 1510–1572). Schriftgelehrter, Kommentator, Kabbalist, Astronom und Historiker. Von ihm stammen die für die deutschen und polnischen Juden maßgeblichen Auslegungen im Ritual- und Rechtskodex *Schulchan Aruch* (s. d.).

Jeschiwa (hebr.: *Jeschiwot*) »Sitz«. Höhere Lehranstalt. Hochschule für das Studium des Talmud.

Kabbala hebr. »Das Empfangene«, »Überlieferung«. Die Lehre und die Schriften der mittelalterlichen jüdischen Mystik ab ca. 1200.

Maimonides (Moses ben Maimon, 1135–1204). Religionsphilosoph und Theologe. Verfasser grundlegender Werke.

Mesuse (hebr.: *mesusa*) wörtlich: »Türpfosten«. Handgeschriebene kleine Pergamentrolle in einer Metall- oder Holzhülse, die am rechten Türpfosten des Hauses angebracht wird. Mit Text aus Deut. 6, 4–9; 11, 13–21. Schutzsymbol.

Midrasch hebr. »Schriftauslegung«. Vortrag im Anschluß an die Toraverlesung im alten synagogalen Gottesdienst, sowie die daraus erwachsene Literatur.

Mikwe jidd. (hebr.: *mikwa*) wörtlich: »Ansammlung« (von Wasser). Rituelles Tauchbad. Seit ältester Zeit in jeder jüdischen Gemeinde.

Minjan hebr. »Zahl«. Die für ein vollgültiges Gemeindegebet vorgeschriebene Mindestzahl von zehn religionsgesetzlich volljährigen Juden. »Wenn zehn zusammen beten, so ist Gottes Gegenwart mit ihnen« (Talmud).

Mischna hebr. wörtlich: »Wiederholung«. Kern der mündlichen Lehre des Judentums. Sammelwerk von Lehrsätzen und Ausführungsbestimmungen zum Pentateuch. Um 200 v. Chr. Bildet einen Teil des Talmud.

Mordechai siehe Haman.

Mücke im Gehirn des Titus. Vom römischen Kaiser Titus, der 70 n. Chr. Jerusalem eroberte und den Tempel zerstörte, wird in der Haggada (dem erzählenden Teil des Talmud) berichtet, er sei für diesen Frevel dadurch bestraft worden, daß eine Mücke sich sieben Jahre lang von seinem Gehirn ernährte und schließlich seinen Tod herbeiführte.

Nachman von Bratzlaw (1772–1810). Einer der Hauptvertreter des osteuropäischen Chassidismus. Urenkel des Baalschem Tow (s. d.).

Pentateuch griech. Die fünf Bücher Mose: Genesis, Exodus, Leviticus, Numeri, Deuteronomion.

Raschi Abkürzung für Rabbi Salomo ben Isaak (1040–1105). Populärster Kommentator der Bibel und des Talmud im mittelalterlichen Europa.

Rebbezin, die Frau des Rabbi.

Schammaj (ca. 50 v. Chr.–30 n. Chr.) Rabbinische Autorität, Gegenspieler Hillels (s. d.).

Schammes jidd., Synagogen- oder Gemeindediener.

Schickse jidd., »Magd«, »Bauernmädchen«. Allgemein: Nichtjüdisches Mädchen.

Schulchan Aruch hebr. »Gedeckter Tisch«. Kompendium des jüdischen Religionsgesetzes und Rechts, in systematischer Anordnung und in knappster Form für den praktischen Gebrauch. Verfaßt von Josef ben Ephraim Karo (1488–1575).

Sefardim hebr. Die spanischen Juden, die seit ihrer Vertreibung im Jahre 1492 vor allem in den Mittelmeerländern leben.

Sohar hebr. »Lichtglanz«. Hauptwerk der Kabbala. Galt lange als Werk des Rabbi Simon ben Jochai (Mitte des 2. Jhs. v. Chr.), wurde aber wahrscheinlich von Moses de Leon (gest. 1305) in Spanien verfaßt.

Tallit hebr., Gebetsmantel.

Tanna aramäisch. »Einer, der wiederholt, lehrt.« 1. Lehrer der Mischnazeit bis zum Ende des 2. nachchristl. Jhs. 2. Ein

Gelehrter, der in der Mischna (s. d.) zitiert wird. 3. Ein Gelehrter, der zur Zeit der Amoräer die tannaitischen Lehren beherrschte.

T'fillin hebr., Gebetsriemen.

Tora hebr., wörtlich: »Lehre«, »Unterweisung«. Der Pentateuch (die fünf Bücher Mose).

Tosafot hebr., wörtlich: »Ergänzungen«. Sammlungen von Erläuterungen und Zusätzen zu frühen Talmudkommentaren.

G. B.

Isaac Bashevis Singer
im Carl Hanser Verlag

Feinde, die Geschichte einer Liebe
Roman. Aus dem Amerikanischen
von W. Teichmann
1974. 344 Seiten

Der Kabbalist vom East Broadway
Geschichten. Aus dem Amerikanischen
von E. Otten
1976. 316 Seiten

Leidenschaften
Geschichten aus der neuen und der
alten Welt. Aus dem Amerikanischen
von E. Otten
1977. 284 Seiten

Das Landgut
Roman. Aus dem Amerikanischen
von A. und H. Ritter
1979. 472 Seiten

Schoscha
Roman. Aus dem Amerikanischen
von E. Otten
1980. 332 Seiten

Das Erbe
Roman. Aus dem Amerikanischen
von Thomas Kolberger
1981. 416 Seiten

Die Gefilde des Himmels
Eine Geschichte vom Baalschen Tow
Aus dem Amerikanischen
von Hannelore Neves
1982. 120 Seiten

Verloren in Amerika
Vom Schtetl in die Neue Welt
Aus dem Amerikanischen
von E. Otten
1983. 404 Seiten

Die Familie Moschkat
Roman. Aus dem Amerikanischen
von G. Baruch
1984. 784 Seiten

Old Love
Geschichten von der Liebe
Aus dem Amerikanischen
von Ellen Otten
1985. 312 Seiten